商道

——一个平凡人的传奇商业人生

秦梽尊 著

华龄出版社
HUALING PRESS

图书在版编目（CIP）数据

商道：一个平凡人的传奇商业人生 / 秦梽尊著 . --
北京：华龄出版社, 2023.12
ISBN 978-7-5169-2661-1

Ⅰ．①商… Ⅱ．①秦… Ⅲ．①传记文学－中国－当代
Ⅳ．①I25

中国国家版本馆CIP数据核字(2023)第229133号

责任编辑	程　扬	**责任印制**	李未圻
责任校对	张春燕		

书　　名	商道:一个平凡人的传奇商业人生	**作　　者**	秦梽尊
出　　版 发　　行	华龄出版社 HUALING PRESS		
社　　址	北京市东城区安定门外大街甲57号	**邮　　编**	100011
发　　行	（010）58122255	**传　　真**	（010）84049572
承　　印	湖北金港彩印有限公司		
版　　次	2023年12月第1版	**印　　次**	2023年12月第1次印刷
规　　格	710mm × 1000mm	**开　　本**	1/16
印　　张	11.5	**字　　数**	120千字
书　　号	ISBN 978-7-5169-2661-1		
定　　价	68.00元		

2015年10月，秦桤尊在库岛度假村与冯青春合影

2015年12月，秦桤尊与中国声乐艺术家周发猛合影

2016年5月28日，秦梽尊与中国煤矿文工团团长著名歌唱家牟炫甫合影

2021年6月，秦梽尊与煤矿文工团原团长瞿弦及夫人张筠英二老合影

2021年6月，秦梽尊与王燕兆合影

2021年6月，秦梽尊与中国少年儿童文化艺术基金会会长阚敏君合影

2022年6月19日，创“百亿富锶”揭牌仪式

2022年，香港上市公司到工厂实地考察

2022年9月13日，富锶集团与香港上市公司重大并购尽调工作现场

2022年11月10日，富锶集团并购利众商城

2023年1月，秦梽尊作《水与生命》科普教育宣传

2023年3月，秦梽尊在武汉分享富锶集团水文化科普大会

2023年4月3日，丹江口市餐饮协会会长、汉江国际酒店董事长李建平，携丹江口餐饮酒店企业家一行，到富锶山泉进行交流互动

2023年4月13日，秦嵇尊在宁波与蓝源资本创始人及董事局主席、香港家族办公室协会创始会长廖文剑合影

2023年4月14日，秦嵇尊在宁波与法学博士、中国人民大学副教授李升泉合影

2023 年 9 月 13 日，富锶集团凭借卓越的产品质量和社会影响力，被联合国全球契约成员单位吉雷斯认证为“著名品牌合作单位”

2023 年 9 月 13 日，富锶山泉品牌创始人、富锶集团董事局主席、广东省水与生命科学研究院院长秦梽尊荣获“大健康产业领军人物”

秦梽尊

水与生命科学研究院院长

水与生命

水　盲

举头满天星，莫问前路；
低颅思良心，何惧人非。
如想万年青，青必大成；
仙后方为人，载之千古。
水盲难又艰，哪能回头；
富锶永不朽，梽尊无兮。

水与生命科学研究院院长秦梽尊

秦梽尊分享《战略·远光》（品牌影响行至更远）

秦梽尊讲述AB组比赛规则

秦梽尊在舞台上精彩分享

秦梽尊与学员互动

秦梽尊分享“三三三战略”

FUSISHANQUAN

有时候我们发现自己被困原地裹足不前，其实我们离目标只差一点点距离。只要再多那么一点坚持，我们就能够抵达想去的远方。所谓的光辉岁月，并不是后来闪耀的日子，而是无人问津时，你对梦想仍然不言弃的努力和坚持。

——秦栜尊

目 录

第一章　桃源烟雨，青云万里

1

“渔郎更觅桃源路，除是人间别有天。”（朱熹）

桃源乡在很多竹溪人眼中就是陶渊明笔下《桃花源记》的原型，它接陕西镇坪，连重庆巫溪，溯驴头峡而抵兄弟县竹山官渡。一路目光所及，处处绝壁如斧凿，淙淙溪水似玉液，更兼峡谷幽深，花木葱茏，云彩出没，禽鸟钟情，居住于此，宛如仙人。

从竹溪丰溪镇驱车三四十千米，直抵鸡心岭。桃源乡即在鸡心岭东坡，从鸡心岭到桃园乡沿途，真正是喜看山间多苍翠，遍地松香沁心扉。仰望天台，峰上云雾缭绕，山径蜿蜒曲折，形态各异，危峰兀立。有形神兼备的五子峰、有壁立千仞的剪刀峰、有玄幻传说的圣母洞、有慈悲象形的观音崖、也有美妙浪漫的情侣峰。

从桃源乡翻一座山就可以到达鸡心岭，因其位于中国雄鸡版图的心脏部位，是中国雄鸡版图的自然“国心”，又状若鸡心，以形而得名。其主峰海拔 1890 米，面积约 8 平方千米。史载，三国时期张飞入川、明末农民起义领袖张献忠入川都曾经过此地。在岭域残存石碑上，刻着清朝“道光九年”“鸡心岭”等楷书字样。

如今，呈三角形雄姿庄重的牌楼横跨省道公路，耸立在“鸡心岭”上。牌楼两边草书一副笔酣墨饱游鱼惊龙的楹联：“山舞银蛇蜀道天堑变通途，岭驰铁骥秦塞旧貌换新颜”，横批“乾坤浩荡”。廊柱左右如行云流水般狂书着“云横九派岭上尽览秦风楚韵，雾漫三边关前遥指巴山蜀水”。可谓笔落惊风雨，诗成泣鬼神。如此荡气回肠画面感十足的大写意，寥寥几字，写出了站上秦岭桃源，可有一览众山小的高度，也写出了鄂、陕、蜀这一脚踏三省的方寸之地，将从气势磅礴、水秀山明、四通八达的鸡心岭延伸开去，那种扬眉吐气的骄傲和自豪。

登顶眺望，群山俯首，三省的植被迥然不同泾渭分明。重庆巫溪境内人口稠密，却植被稀疏；陕西镇坪县界高山巍峨，树木森森；而湖北省竹溪县境内茅草灌木十分茂盛。如此差异在清朝光绪年间的《大宁县志》中就有明确记载。

八里峡位于竹溪南端，处桃源乡境内，海拔落差 480 米至 1500 米，公路、溪水经年穿峡而过。峡谷内群山叠翠，奇峰陡峭，天为一线，水为一带，古树参天，古藤倒挂，溶洞幽深，怪石百态，四季溪流潺潺歌吟，瀑布飞雾撒珠，猿猴攀缘，百鸟争鸣。再继续入峡谷之深处，公路就像浮在水面之上，人站路上，俯视河水，水似从脚下而过。如果从邻近的竹山官渡镇沿武陵峡逆流而上，至竹溪县桃源乡两河口村（瓦沧河下游“驴头峡”）。其峡谷中怪石嶙峋，危耸峻峭，峡道悠长。行约半小时驻足一深峡绝壁不足 8 米宽的峡口，举目仰视，山石树木好似就长在头顶，从峡谷内被称为“一线天”处看去，可以体验到井底之蛙的感觉，会感慨天空之小、峡谷之深。但更重要的是，我们会感觉出，人，在大自然面前，如同蝼蚁般该是何等的渺小。

峡中叠叠复重重，窄处有幽谷奇峡，宽处有溪水秀林，且时有鱼儿浅戏。踩着奇形怪状的乱石，于烟雨絮飘的桃花时节，亦步亦趋向纵深处挺进，翻过海拔 1000 米的驴头山就到达瓦沧河上游出口——两河村的一个自然村落——“大沟村”。

2

“碧玉妆成一树高……二月春风似剪刀。”

初春，冰雪已经融化，蛰伏了一个冬天的植物渐渐开始苏醒萌芽。那还是计划经济时代，靠工分吃饭的年月。为了多挣些工分的农人们，不管刮风下雨，清晨，天刚麻麻亮，听到一声尖厉的哨声响起，男女劳动力就得急匆匆扛起工具一路小跑下地，直到月黑风高的时候收工。他们在生产队长的安排下，在不同的地块干着农活。几乎所有的人都是饿得前胸贴后背，把裤腰带往肉里勒了又勒，硬撑着如柴的身子弯下腰，撅起仅剩下一层皮囊的屁股锄草、挖地、清渠。使牛匠们左手扶住犁把，右手高高举起鞭子，有气无力地一鞭子甩在脊骨肋骨凹凸的牛身上，鞭打仿佛挠痒般，对同样饿得像篾穿又无法自拔的牛们毫无震慑作用，它们俨然已经尽力了。随后，使牛匠又甩甩皮鞭，嘴里呼出一声柔中有刚的男中音，催促慢慢腾腾的牛说：“走啊，快走！”

自古以来，文人墨客都把春天看作草长莺飞、花红柳绿、莺歌燕舞、生机勃勃，一年之中最为美好的时节。农人则不一样，没有春耕就没有秋收，一年之计在于春啊。意思是一年到头，庄稼人收成好坏，天时地利人和，春天是最重要的一环。那时，人们又把春天比作“荒春”。何为“荒春？”意思是，正是青黄不接的时节，对于靠工分每月分口粮吃饭的农人而言，过着清汤寡水的日子还总捉襟见肘，吃了上顿无下顿。春天，几乎是更加残忍的，比秋风扫落叶还要悲凉。于是，有了“度饥荒、闹荒春，年好过，节好过，荒春日子不好过”的说法。人是铁，饭是钢，一顿不吃饿得慌，何况天天如此。饥不择食，无论男女老少为活命疯了似的，早已把遍山野坳刚刚生发出来的榆树钱、洋槐花、构树叶、荆条叶，等等，只要是能吃的野草野菜树叶，挖了又挖采了又采，甚至连草根都不曾放过——那本该是属于猪牛牲口们吃的正常食物，但又有什么办法呢？在地里干活的男人女人们有了大小便，都会尽量憋住不拉。他们称那是"攒粮"，拉得越多，也就饿得越快。时常有人中午收工后不回家吃饭。他们说:"回家吃啥呢，根本就没得饭可吃，来回跑路也要消耗体力哟。"于是，每天中午队长喊放工后，总有三三两两劳力，踉跄着严重饥饿、虚脱、疲惫的身体，死长虫似的直挺挺睡在地里"倒饭"。什么叫"倒饭"，就是睡在大约 30 度的山坡上，头朝下，脚朝上，把前一天吃下的残汤剩水重新倒回肠胃，避免快速流失。一个个戴着枷锁犁地的牛也饿，就连农户家养的鸡都伸长脖子，"咕咕"直叫着在房前屋后柴垛下灰窝里拼命刨食。被关在猪圈里的大小猪仔，它们饿得情绪最暴躁。看得出那种饥肠辘辘的感觉，好似大海里的苦水一直翻腾。不是一次次狂呼号叫蹦跶企图越栏，就是埋下头使劲拱土、拱墙、拱圈门。当然，所有的人和生灵都一样，他（它）们的胃都在哀号，声音凄凉且悠远，像是从哪个深不见底的洞穴里发出来的。所有生灵又好像是站在广袤无边的原野，那一双双空洞的眼神只能望眼欲穿，凝视南来北往的飞雁和头顶暗淡朦胧的天空。

还在地里坚持干农活的 34 岁大龄孕妇毛银凤是在腹痛、羊水已破、有了分娩的强烈感觉后，被两个村妇一左一右架着，匆忙搀扶回家的。随着一声声凄厉的惨叫，家住竹溪县瓦沧乡（今桃源乡）大沟村一户秦姓人家，一个羸弱得像只小猫的婴儿带着一声啼哭，顺利呱呱坠地——我来到人世间。

3

日子虽然惨淡清苦，但是儿子的出生，还是给这户桃源人家平添了十分喜悦。当时，在本乡瓦沧小学教书的秦老师（也就是我的父亲）难掩喜悦之情，反复查阅字典后，给我取名为“梽尊”。当然，也有“之尊”之意。欲达新境，先除万难。阳数中九为最高，五居正中，故，“九五之尊”象征着古代皇帝的最高权威。可见，我父亲对于我的到来寄予了何等的厚望，那种厚望是至高无上的。感慨之余，他用日记的方式写下了对我的寄语，也是美好祝愿：儿子，你如约来到人世，感谢上天，你是这么健康和帅气。当你在妈妈肚子里的时候，我就祷告你的健康。是的，帅气是其次，你长成什么样子，都是父母的心肝宝贝。父母希望你以后长大明白，这个世界谁都不能依靠，就算依靠父母也不行，父母终究会离开你，人生是你自己的，以后的故事由你自己缔造书写。所以，有很多事情，你必须自己去面对。你有一对坚韧的翅膀，不要为风雨所折腰，越早越好。

那天，刚刚分娩的母亲一口气喝了两碗父亲亲自下厨为她糊的无油无盐不沾荤腥、能照得见人影的白面糊，那是自己丈夫把面缸扫了又扫，才扫出来的小半碗面。这是她数日来吃得最好的一顿五谷饭，这也是只有月母子才能享用的特殊待遇。说是白面糊，实际比黑面略白一点。按老年人传统规矩，坐月子的月母子因其元气大伤，为尽快补充营养恢复元气，以便给嗷嗷待哺的婴儿催奶，除了吃些用白面拌成的恬淡面籽，就得有红糖荷包蛋、鸡汤、油条、猪蹄、排骨汤等大补的美味佳肴轮番上阵。但这些，于我家于我母亲而言，简直如同天方夜谭，那是连想都不敢想的事儿。当然，这样的境遇不光仅存于秦家，全竹溪县甚至更多的农村，也许如此。相比而言，地处大山深处一脚踏三省的桃源乡更糟糕，那是一个十年九不收、鸟不拉屎的穷乡僻壤。那儿鲜有水田，也就谈不上吃白米饭。集体一百多人，人均耕地面积不足 0.5 亩沟沟叉叉薄壳地。农作物世代以苞谷、红薯为主粮，小麦、扁豆、豌豆、栗谷等粗糙杂粮为辅粮。即使种植这些作物，也得靠天吃饭，若遇上好年景风调雨顺，即使劳力多的人家也只能混个肚子圆。庄稼正处生长期或即将成熟，遭遇无情的久旱干死和被一场突如其来的狂风暴雨席卷而空，是再正常不过的事情。所以，桃源百姓们的心时时都被揪紧着，他们时时会仰天嗟叹，他们也会时时向天祈祷。

我母亲整整一个月子，都是靠他在外工作的舅舅搜肠刮肚送来了少许大米和细面，接济满月的。大米不是用来做米饭，也不是煮稀饭。为了细水长流，也为了让含辛茹苦的母亲能有效吸收营养，父亲每天天不亮起床，收拾好家里后就抓几把白米泡上，再急急忙忙赶到学校去上课。等中午放学，再一路小跑回家，把早晨泡好的米控干水分，放碓窝舂成米糁下到开水锅小火煮好，拿筷子蘸几滴香油滴进去，端给母亲吃。有好多次，母亲心疼已是多日不见五谷的父亲还有年幼的姐姐，喝完两碗米糁糊后，看父亲又端来第三碗，她声称吃饱了，死活让着要父亲和闺女匀着吃。父亲明白母亲的意图，把端走的最后一碗米糁糊，背开母亲全部给了听话懂事的姐姐吃。而他还是和往常一样，扒拉了两碗有极少红薯面配着发霉煮熟的红薯干、红薯叶的糊。那种饭，被老百姓戏称为“姊妹仨。”他说：“孩子正长身体哟，不能太亏了孩子，我年轻力壮，扛得住。”我家总共养有 6 只鸡，两个月前，被老鹰一口气叼走三只母鸡、一只公鸡。为此，母亲难过得在家号啕大哭了一场。月子里，眼见母亲一日三餐清汤寡水没营养，父亲心里实在过意不去，提出杀一只鸡放点自个挖的野天麻炖点汤，给她补补身子骨，以免落下月子病。没成想，母亲听后谎称：“我死都不敢吃鸡，打小吃鸡子就过敏，前脚吃，后脚浑身直起鸡皮疙瘩，痛得要命。杀了炖炖你和闺女加顿餐也行，你是顶梁柱啊，孩子身体也要紧哟。”当老师的父亲一听母亲说她吃鸡子过敏起鸡皮疙瘩，信以为真，也就没舍得杀鸡。在此，需要缀上一笔的是，父亲 16 岁开始拿起教鞭，月工资十几元钱，直到 20 世纪 80 年代中期，在桃源乡执教的他，几乎没往家拿回过一分钱。钱呢？天知、地知、他知。不可思议的是，他慷慨解囊全捐给了比自家更穷的穷人家孩子，说出来可能没人会相信，这就是一个“臭老九”站在三尺讲台上默默无闻崇高品质的集中体现。

4

诉不尽的穷人苦，打不尽的毡上土。屋里无灯望月出，身上无衣盼天热。富人穷人，都是一首诗，一本书。唯独穷人还是一生写不完的词，讲不完，看不透。因为我们是穷人，做事勤勤恳恳，我们吃苦又耐劳，月底只有两三文；因为我们是穷人，山珍海味想不成，受尽冷眼与嘲笑，谁知穷人也是人。日子，还得一天一天挨着往下过。

穷，饿殍遍野，似乎就是贴在桃源乡所有桃源人家的一个标签。为敞开肚皮，吃上一顿饱饭，或吃到一个只有城里人才能吃到的白面馍馍而望穿秋水。又好像看不到任何能改变迹象的希望，尽管“桃源”是个极富诗意的词眼。人们周而复始大和泥，一切听从队长安排，披星戴月参加集体生产劳动。原本一日三餐像化雪般的日子，已经难以为继，平添了一张口，我家的生活更是捉襟见肘。但父母为了一双儿女，他们有的是自信，他们的自信来自桃源大山的荒野雄风，来自万古秦巴的石坚水柔，来自洁白无瑕生生不息的瓦沧河流，来自骨肉间循环往复的滚烫血脉。在乡里教书的父亲，学校离家约有五千米，为贴补家里生活，每次放学，他都会挎上一个篼篮，在回家沿途的山上设法剜些如杂草似的野菜淘淘，回去剁剁下锅，顺便找寻些能吃的野果带回给他的孩子充饥。有时，如果时间充足，他就会挽起裤管，跳进沿路河里，期望能逮两条鱼或是摸到些螃蟹，哪怕小鱼小虾也不放过。碰到运气好的时候，父亲就会把逮回的鱼、虾、螃蟹清洗干净后包进南瓜叶丢进做饭的锅灶里烧熟，给闺女和儿子解馋，补充营养。他每次看到孩子们吃完他淘回的珍稀佳肴后，还要把手指舔了又舔，嗦了又嗦，总会会心的一笑。有好几次，学校食堂做饭师傅用少量白面混合苞谷面蒸成馍馍给老师加餐改善生活，父亲想想朝出暮归在生产队干活的母亲，又想想两个可怜巴巴的孩子，他一咬牙花一角五分钱买了三个馍馍包紧带回家。给母亲和孩子一人一个，声称自己在学校吃了两个，还喝了两碗米汤，让娘仨快趁热吃了。

母亲为不耽误挣工分，连续两年，出工下地时，她都是手拿农具干活，肩背背篓里的梽尊。有心想把孩子放在地边，一怕孩儿摔跤，又怕孩儿胡乱吃到啥子被卡住了不得了。为此，她还多次遭到队长的呵斥：“就你家娃子精贵？不放心，干脆你就在屋里照护娃子算喽。”白天出工干活，夜晚，在煤油灯下熬更守夜，为一家人洗洗浆浆缝缝补补，是家庭主妇们一年三百六十五天的正常家务。我母亲也不例外，她几乎夜夜如此坐在昏暗的油灯下，穿针引线，不是纳鞋底，便是补衣裳，直到深更半夜哈欠连天。这不禁让人想起了唐代孟郊那首传颂千古的名诗《游子吟》：慈母手中线，游子身上衣。临行密密缝……”她常说：“衣裳破不丢人，只要收拾干净棱正，穿出去照样是人模人样。”

时间如白驹过隙，转眼，我到了该上学的年龄。心灵手巧的母亲照例找来几件烂得不成样的白、黑、红、紫、绿等各色破衣裳搓洗干净，裁剪成大小均匀的方块或三角形。在“冰炸明月冷，雪煮腊梅寒”的十冬腊月，当夜幕降临、麻雀归巢、鸡犬桑麻饮月入梦时，孤灯便点亮清冷。此时，母亲便守在温暖的被窝，隔一会儿侧身用针尖拨拨灯捻，偶尔“啪”的一声脆响，灯捻上炸开一朵美丽的灯花，瞬间开在母亲疲倦而温和的脸上。她重新引上线，熟练地在线的末端挽个结，仍然耐心地缝着我的书包。昏暗的灯光下，她聚精会神，拼接着每块布条，宛如在精心绘制一幅自然山水画，错落有致、跌宕起伏的画面，被匀称的针脚，描绘得精巧别致楚楚动人。飞针走线两个不眠之夜，终于拼接出了一个和我姐姐一模一样“崭新”极富花样年华的书包。

有时，坐在火盆边做针线的母亲，兴许也累了，想要歇歇，她放下手中的针线，趁我们还没睡，从火盆里扒出两个烧熟的土豆分给我和姐姐吃。顿时，一股诱人的糊香，很快会弥漫屋里的每个角角落落。我们边吃土豆，边央求母亲出几条谜语猜。母亲没有文化，但她肚子里咋就会装着那多发人深省的谜语呢？我想不明白。

母亲做出一种领导讲话前的滑稽表情，故意清清嗓子停顿一下，唱出第一条谜语:“叫瓜不是瓜，爱在土里趴，烧熟香又面，孩子爱吃它。”“土豆！”我们异口同声地回答。这个不难，因为我们正吃着香喷喷的土豆，一下就想到了。“扶墙走扶墙站，光穿衣服不吃饭。”母亲话音刚落，我马上抢着答道：“不倒翁。”已上初中的姐姐想了想不慌不忙地说：“是年画。”母亲立刻肯定了姐姐的答案，同时告诫我，遇事勤思考不可急于求成，否则会适得其反。吃完土豆，也到了睡觉时间。母亲为满足我们的兴致，甩出最后一条谜语，让我们钻在被窝里慢慢思考：“多彩绳子颜色鲜，雨后弯弯挂蓝天，要问绳子有多长，这山搭到那山前！”我们把母亲送给的谜语吃进肚里，在思考和猜测中，慢慢进入梦乡。每天睡觉前，她都要出几条让我们睡下后猜想。

长大成人后的我突发奇想，难怪人们把谜语叫灯谜，原来，那就是母亲藏在煤油灯里的文化！在那一穷二白的年代，猜谜语是母亲对我们最先进的文化教育。猜谜时，她会把煤油灯挪到柜盖上，让昏暗的灯光尽量照满全屋。

5

古人云：“书中自有黄金屋，书中自有颜如玉。”刚上小学那会儿，我斗大的字不识一个，没兴趣去探讨“黄金屋”和“颜如玉”，天天就惦记着星期天跟姐姐一起去放羊、掏鸟窝，顺带剜野菜，或是下河洗澡、摸鱼、捉蟹。那哗哗流淌的瓦沧河飞珠溅玉，那“天苍苍野茫茫，风吹草低见牛羊”的碧绿原野和开阔的境界，是我游戏人生的天堂。一天，母亲又给我出了条谜语：“能看不能吃，能翻不能撕，你要喜欢它，就会长知识。”我绞尽脑汁也没猜出谜底。最后，母亲告诉我是“书”。她语重心长地说：“穷人家的孩子没钱没势，只有多读书才能懂事理。有学问了，将来才能算好过日子的道道。”母亲虽然说不出大道理，但她说那些道理，无疑就是天下最高深奥妙的人生道理。岂知，望子成龙那是天下所有父母最殷切的期望啊！不知是母亲的教诲起了作用，还是天性所为，打那以后，上五年级的我居然真的喜欢读书了！

寒冷的冬夜，月光柔柔地把我送进被窝，顿时一股热乎乎的暖流，瞬间从炕席花的缝隙里，融进赤裸裸的肌肤。母亲在煤油灯下纳鞋底，我则依偎在母亲身边吮吸着暖暖的母爱。一种安逸而温馨的感觉涌动在稚嫩的血管里。借着微弱的灯光，我拿起父亲送给我们姐弟俩的古典名著《三国演义》翻看起来，看着看着，顿觉自己也走进了狼烟四起、金戈铁马、三足鼎立的古战场。那跌宕起伏的精彩情节，驰骋疆场的铁血骑兵，“滚滚长江东逝水，浪花淘尽英雄”的壮阔史诗，伴随着情节的戏剧性变化，揪紧每一根神经，让人几乎无法喘息。我由开始的默读变成大声奔放的朗诵：话说文聘引军追赵云至长坂桥，只见张飞倒竖虎须，圆睁环眼，手绰蛇矛，立马桥上；又见桥东树林之后，尘头大起疑有伏兵，便勒住马不敢近前。

我自从踏进校门那天起，就是“幸运”的。从小学一年级到四年级，全班就我一个学生，语文、数学是一个老师，四年小学生涯是一对一教学。如今回想起来，我享受那种特殊待遇简直就是VIP（贵宾）待遇。说起来很好笑吗？确实好笑，但又让人笑出眼泪，源自那是一个非同寻常的时期。

那些年，我最大的愿望是能大大方方开开心心吃上一碗真正的白米干饭或是吃一顿白面条，只可惜连做梦都没梦到过。

党的十一届三中全会胜利召开，忽如一夜春风来，千树万树梨花开。

农村推行联产承包责任制的风向标一阵阵从秦岭南麓吹到竹溪县桃源乡，我的乡野大沟村也开始沸腾了起来。这就意味着老百姓以后不再靠工分吃饭，可以自由耕种支配自家分得的土地了。可问题是，当年种下地的庄稼还没有收获，眼前家里毫无存粮，依然是少盐缺油、家徒四壁、一贫如洗。除了有少许土豆和野菜，再也找不出任何可以下锅烹饪的食物。近乎到了岌岌可危断炊的境地，一天到晚都在犯愁，过了今天，明天吃啥？我至今刻骨铭心的是，那年春天，舅舅远道而来我们家做客，因为家里已实在拿不出什么，已再次怀孕的母亲情急之下，生怕被细心的舅舅看出家里如此窘境不堪的破绽，于是悄悄吩咐我拿上一个“升子”①，做贼似的从我家后门出去，到不远处的邻居们那儿硬着头皮、挨家借回来了一升苞谷糁面。那天中午，母亲用借回的苞谷糁面又掺进些许土豆，任凭两种无法捆绑在一起的食物在开水锅里苦苦翻滚挣扎。最后做成了一顿无油无盐的苞谷糁面干饭，算是勉强用以招待了舅舅。舅舅望着母亲和我及姐姐被饥饿折磨得一脸无精打采的悲愁面容，叹息一声若有所思。

在竹山县柳林乡邮电局当局长的舅舅，是个眼观六路、耳听八方的细心人，尽管母亲一再伪装，还是被不动声色的他看出了窘迫端倪。

接下来，虽然村邻们的日子还是那样的度日如年异常拮据，我们家境相比而言，比其他人家有了些许好转，以至于我们的衣着也比其他小孩好了不少。这种优越感来自我舅舅和在桃源乡政府工作的我幺爹。毕竟，他们是吃国家饭的“十二季”收入，他们会时不时尽其所能接济我

①“升子”，旧时民间盛装粮食的木质器具，以十升为一斗，一斗盛粮食三十斤。一升约合三斤。一般由五块梯形木块组成，用榫卯或锔钉连接。上口是一个正方形，下面封口较小。上口周长约为八十厘米。通高十厘米左右。

们家一点白米和细面、钱及旧衣物之类。

地处大山深处的桃源乡大沟村，是个穷到无以复加、十年九不收靠天吃饭的穷山旮旯。世代靠刀耕火种的农民都是以种植苞谷、红薯维持生计、繁衍生息，除此之外别无他法。人们常说，春种秋收，秋天是五谷丰登收获的季节，也是一个硕果累累充满希望的美好时节。土地实行责任制后，大沟村所有的百姓都聊以慰藉，翘首期盼。哪知，希望和失望总是并行交错，希望有多大，失望就有多惨。那年夏秋之交，接踵而至的天公咆哮，狂风暴雨再次如撒缰的野马，肆虐横行，紧接着就是如海啸、如世界末日般的山洪暴发，向我们正处于灌浆成熟的大面积苞谷和正处生长周期的红薯地迎头袭击。等云开雾散，整个桃源乡大沟村无一幸免，人们辛苦劳累一年的庄稼，眼睁睁被无情的洪水疯狂吞噬，席卷而空。

所有的人在群情激愤中向天诘问，在无奈哭号宣泄，也在肆意谩骂这个该死的老天爷……

6

古人有云：福无双至，祸不单行。屋漏偏逢连夜雨，船破又遇顶头风。

20 世纪 80 年代中期的神州大地，计划生育政策作为基本国策一刀切，恍若风云雷电，也有排山倒海之势，残酷至极。山雨欲来风满楼，前面遭遇一场天马行空的自然灾害洗劫，生活无望，到了垂死的边缘。紧接着身怀六甲的妈妈眼看分娩周期一天天逼近，我们成了超生游击队东躲西藏。原本在学校任教的父亲以违反计划生育国策而不得不离开学校。那时那刻的我们面临三路夹击，进退维谷。举目望天，天，乌云压沉沉欲催，低头看地，地，一片萧条颓废，全是来自远古野蛮的无情荒谬。

活人会被尿憋死吗？答案是肯定的，不会！憋死的，只能是致命元凶。

个性刚毅执拗的父亲，身为一家之主当机立断，做出了一个男子汉极具魄力的大胆决定，为着他眼看快要降临人世的亲生骨肉免遭“屠戮”，也为着我们一家老小能勉强混口饭吃，正处濒临崩溃的他，强忍悲愤挺起腰杆，挎上装有我们仨几件破衣裳和干粮馍的旧家织布包袱。馍，是母亲用苞谷糁烙成的苞谷面馍。就这样，父亲一手牵着已是举步维艰的母亲，一手牵着浑浑噩噩的我，仿佛“偷渡”一般踏上了通往竹山方向的古盐道。山路陡峭难行，时有野兽出没，曾经瘟疫流行，匪人不绝。那也是公祖河边一个叫“阴阳牵”的峡谷口，就是过去盐客常遭抢劫的地方。许多人或惨遭抢劫，命归黄泉；或劳累过度，客死他乡。那也是盐客们用坚实的脚板踏出的盐道，不仅是一条贩盐的通道，更是一条人们繁衍生息的通道，它北连陕西关中平原，西通巴蜀盆地，东接荆楚大地。抗日战争时期，从郧阳至大宁的“郧宁线”更是军人和敌寇抗战的生命线。这条路，也曾留下过多首歌谣：“养儿莫挑盐，一年当十年；肩挑背驮难度日，时时有凶险。”“好吃懒做去挑盐，挑盐多好玩。走半天、玩半天，顿顿吃的油盐饭。过伙计、交朋友，挑盐才能见世面。”听着当年先辈们流传下来的挑盐民歌，仿佛可以看见盐夫们在路上苦中作乐的场景。

时值深秋，秋风秋雨愁煞人，自古逢秋多悲凉。那时，我花样年华的姐姐，为了生存也不得不过早嫁为人妻，成了别人家的媳妇。

夜幕像一口倒扣的大锅，把大地覆盖得严严实实。秋风瑟瑟一阵紧似一阵吱吱怪叫，合着哗啦啦的山水，时远时近鸟兽瘆人的嘶吼，像极了苍天在哭泣，也似乎是为我们跋涉在漫漫人生路上的助威呐喊，呼唤等待着奇迹出现。

再也无力支撑下去的母亲临盆难产、大出血倒下了。大约是半夜子时，倒在了我们行进的中途。她和父亲怀胎十月，心心念念，拼死想保全的亲生骨肉降临了。而遗憾的是，刚刚来到人世和我一脉相承的弟弟还没来得及看上这个世界一眼，便撒手人寰，远赴黄泉。都说男人膝下有黄金，父亲没想那么多，他好久好久，都是跪在一息尚存的母亲面前，只感到已是万劫不复，走投无路，悲天悯人，哀痛，无助，声嘶力竭。此时此刻，此情此景，纵使穷尽任何话语，于我们而言，都毫无意义，也显得苍白无力。唯一值得告慰的是举头三尺有神明。一只脚已踏进棺材的母亲，兴许是父亲大放悲声、千呼万唤的声声祈祷，感化了上苍，也让王母动容和保佑。母亲——我的妈妈，一个朴实、矜持，温、良、恭、俭、让，饱受磨难的伟大母亲，终于重回人间。

行文至此，我悠然想起了唐代诗人杜甫的《茅屋为秋风所破歌》，不禁吟咏起来：“八月秋高风怒号，卷我屋上三重茅。茅飞渡江洒江郊，高者挂罥长林梢，下者飘转沉塘坳。……”

此后，很快，舅舅和舅妈一家知悉了我们接踵而至的劫难，热心的他们，在生活也不宽裕的夹缝之中，鼎力相助，出手搭救，暂且收留了产后身体虚脱的母亲和我。父亲，我多年兢兢业业教书育人、谦卑辛劳、浩然正气的父亲，他为了给陪他风雨同舟的妻子半生幸福，为了给他心爱的儿子创造一个美好未来，一转身，毅然闯进省城武汉，投身进了滚滚红尘、茫茫人海的打工大潮之中。

南宋爱国诗人陆游的不朽诗作“山重水复疑无路，柳暗花明又一村”。穿越时空，不知激励了古往今来多少人，去奋力跋涉，去追寻梦想。我和我的父母将何去何从？相信，我们会不遗余力，蓄势待发，踏上通向柳暗花明的康庄大道。

梽尊名言：人不是从娘胎里出来就一成不变的，相反，生活会逼迫他一次又一次脱胎换骨。

第二章　人生逆旅，得失相伴

1

那个秋高气爽的时节，我们在风雨飘摇中，不得不从竹溪桃源大山深处，举家迁徙到了江汉平原的荆门市。

人，真是一种奇怪的物种，当你如履薄冰、行走在刀尖上的时候，会义无反顾选择逃离。因为，生与死构成了难以调和的矛盾冲突。在这个充满张力的过程中，亲情、友情，却总能让人找到温暖的松弛。一波又一波“回忆杀”，一阵又一阵“怀旧风”，让这个舞台拥有了浓浓的情怀，流动的时光仿佛放慢了脚步。那些城市霓虹灯下钟爱啤酒和烧烤的恣意狂欢，那些穷乡僻壤扶老携幼疲于奔命的镜像，依旧在云烟深处，沉淀成无法忘怀的永恒，念起，无语也缱绻。一段时光，压弯了岁月的枝丫，留存着一窗镂空的记忆。或是挥洒青春的少年，或是梦幻闪烁的期盼，再次游弋而来，纸上描摹，有些深情，有些厚谊，即使被红尘染尽沧桑，故乡的溪水仍然在心中流淌。苦难与折磨，总是迟迟无法从大脑中流逝。很久很久之前，我们处于颠沛流离之中，懵懵懂懂，无法前行。很久很久以后才知道，那是多么宝贵的曾经过往。虽然忧伤了当时的心情，却让今天的我们成长脚步变得更加坚实有力，直抵我们永远忆念的空间，深深珍藏的流年。

转眼又到了秋天，光阴是一道风月的剪影，折叠着心中一份挥之不去的回望。此季，故乡竹溪，一次次地漫上心头，那一片片故乡的山与水，八百里路云和月，自由地穿梭在灵魂与梦乡之间，醒来却是满怀斑驳，隔着遥远的路途，那天际的星盏，越过遥远的他乡。桃源，瓦沧，就是一曲春花秋月里岁月的笙歌，在我耳边吟唱……时间是最美的画笔，它在我记忆深处清澈见底。离开故乡多年，奔波的脚步，走短了日子，再重新审视过往，那潜入血脉的桃源和瓦沧的樱花、云海，才是故乡馈赠我生命的灵性。在披着风雨的日子里，心灵深处无数次听到过瓦沧那风、那水、那人、那山的呼唤。故乡的小径、小镇、茅屋和家门口的南山都滋长成我的记忆，充盈着我的魂魄。身在旅途，我亦慢慢变老。唯有故乡越来越年轻靓丽，浸染过无数风霜的你像一部史书，记载着农耕时代的沧桑悲凉，见证着贫穷年代的困苦艰辛。竹溪，是陶渊明笔下的桃花源，红尘之上，秋水之下。那灵秀的山水，十里靓妆花红柳绿，让梦里花开的远客，如堕画里。从一朵花开，到一片叶落；从一次相逢，到一场离别，虽经岁月的放逐，已习惯了用云淡风轻的笔，来搁浅流年的念。曾经的点点滴滴，依然会在心里开出芳菲，丰盈岁月渐远的薄凉。

我少年的日子是饥饿的，饥饿的感觉让我现在想起来都心慌，只有枯瘦的影子与我一起看流岚、听松风、闻花香。正上六年级的我和母亲寄住在舅舅家几个月后，经考虑，这终归不是安身立命的长久之计。但在靠天吃饭、十年九不收的桃源乡生活条件实在太差，没有父亲的立锥之地，也就没有我们可赖以生存的土壤。活人总不能被尿憋死吧，奔着“人挪活，树挪死”的千古遗训，在武汉打工的父亲匆匆回家和母亲、姐姐、姐夫达成一致，征求了舅舅和幺叔的意见后，带上父亲打工攒下的一百多块盘缠和舅妈搜肠刮肚给烙好的几块干粮馍、五个煮熟的鸡蛋，背着两大包收拾的破烂衣裳，也即我们的全部家当，我们彼此挥手再见，转身告别了这不堪回首的不毛之地。那时候，从偏僻的桃园乡瓦沧河到竹溪县城，一路山林四塞是谈不上交通的，只有一条危机四伏险象环生的挂壁石子路，宽度勉强够过一台拖拉机，也就更谈不上客车了。当地人若想进趟县城，那就只能带着干粮起五更睡半夜，顺着一条羊肠古栈道跋山涉水跑 180 多千米。所以，当地人从生到死，没走出过大山没踏进过县城一步、也不知道城市到底长啥样的比比皆是。我和母亲跟着父亲抄小路深一脚浅一脚，翻过一架架梁，越过一座座山。实在累了，就一屁股坐下去歇歇喘口气，饿了，爵几口如“牛蹄筋”般软硬兼备、用麦面和苞谷糁混合烙成的死面馍馍。渴了，蹲下去捧几捧山泉水咕嘟咕嘟喝了，接着再走。时令正是秋意渐浓，碰到运气好的时候，我还会和父亲一起爬上路边的山崖摘到一些晚熟的八月炸、猕猴桃、挂在树上红灯笼似的柿子，捡到一大捧落在草窝的板栗充饥解馋。也就是在那个时候，望着漫山遍野的火红枫叶，心里一下子有了几分明媚阳光。我才悠然想起老师教我的杜牧《山行》唐诗，不禁放荡顽皮地高声背诵起来：“远上寒山石径斜，白云深处有人家。停车坐爱枫林晚，霜叶红于二月花。”声音很快在山岗回响，接着是母亲投来的灿烂笑脸。

到荆门，只能先从竹溪搭客车到十堰中转，然后乘直达荆门的客车，这是父亲提前踩好的乘车路线。

车上，母亲塞给我一个用牛皮纸包裹着的东西，我拆开一看，是一根比我手腕还粗正冒着热气、金黄香脆油光可鉴的油条。我手拿这突如其来的珍稀美味，抬眼望着已坐稳的父亲和母亲，一时竟有些受宠若惊不知所措。爹说：“吃吧，快趁热吃了，我和你妈都已经吃了。”饥肠辘辘的我开始狼吞虎咽吃起来。之后，我才恍然明白，原来，是在我们经过车站油条摊前时，妈看到走在最后的我，那种充满渴望馋羡的眼神紧盯住摊主捞起的、我孤陋寡闻还叫不上来名字的美食，呼吸着袅袅飘出的油香，双腿几乎无法挪动脚步。才让爹紧跑几步，在前面另一个油条摊，不惜花两毛钱专门给我买了一根。那时，买一盒火柴仅要两分钱，一斤食盐也就一角五分钱。

2

我们一路颠沛流离，几经周转，总算到达了即将安家落户之地——荆门地区京山县乡村。

荆门，素有“荆楚门户”之称。其位于湖北省中部，汉江中下游，北接襄阳市和随州，西靠宜昌市，东临孝感市，南与荆州市、潜江市、天门市接壤。斯地地处中纬度北亚热带季风气候带，雨量充沛，阳光充足，无霜期长，具有春季温湿、夏季炎热、秋季干凉、冬季寒冷的特征。境内水系发达，河流湖泊众多，溪泉库渠纵横，形成四大水系。夏商时期天下为九州，荆门属荆州之域；西汉初期，在荆门北设编县；五代时期，荆门为荆南国所据；1912 年，降荆门直隶州为荆门县，属湖北省襄阳道；中华人民共和国成立以后，荆门一直设县，属湖北省荆州行政区专员公署；1983 年 8 月 19 日，国务院批准荆门市升为地级市；同时撤销荆门县，将荆门县的行政区域并入荆门市。

天下着微雨，空中似乎有谁在吟唱轻缓的歌谣，氤氲着亭树花台，染出几许历史的气息。我缓步走来，荆门这座曹孙刘汉末三国古战场，沉默依然。越过历史的风云，这个曾经名震四方的名字，此时静谧而安详。园内竹树环合，其境清幽。在苍松翠柏的掩映下，在碧波荡漾的湖水旁，那迎风而立的飘然身姿，秀拔，伟岸。一袭白袍，眼神俊朗。我依稀能看见，1800 年前的曹操，如何策马扬鞭，驰骋疆场，如何挥毫泼墨，神采飞扬。沿着青石小径，拾级而上。门楼上的对联，虽经刷新，仍有些斑驳的痕迹。那一堵赭色的墙，壁立雨中，披戴一身风霜，仍显得无语而苍凉。

我们从逃离的地方，来到一个完全陌生的地方暂且安顿下来之后，父亲，这个家庭顶梁柱不得不勒紧裤带，进入到附近一家砖厂打工挣钱。一天吃饭的时候，我喝光了一碗苞谷面粥，端着碗又要去盛，瞥见父亲在瞪我。我胆怯了，犹犹豫豫地站在锅旁，不敢再盛。

父亲却鼓励我："盛呀！再吃一碗！"

父亲见我只盛了半碗，又说："盛满！"接着，用筷子指着我异常严肃地补充说："你要能吃！正长身体的时候，能吃，才长力气！你眼下靠我的力气吃饭，将来，你是要靠自己的力气吃饭的！"

我第一次发现，父亲脸上呈现出一种真实的慈祥、一种由衷的喜悦、一种殷切的期望、一种欣慰、一种光彩、一种爱。

我将那满满一大碗苞谷面粥喝下去了，还勉强吃掉半个窝窝头，为了报答父亲，报答父亲脸上那种稀罕的慈祥和光彩。尽管撑得难受，但心里幸福。因为我从骨子里体验到了一次真切父爱。我被这次宝贵的体验深深感动。

我以一个小学生的理解力，将父亲那番话理解为对我的一次教导、一次具有征服性的教导、一次不容置疑的现身说法。我心领神会，虔诚之至地接受这种教导。从那一天起饭量大了，觉得自己的肌肉也仿佛日渐发达，力气也似乎有所增长。古有一分钱难倒一个英雄汉，一搬三年穷之说。况且，原本家里就一贫如洗，没钱上学，好在，是姐姐、姐夫他们一家接纳了我们。我和母亲就暂且寄住下来，我们茫然四顾，朝迎素月，暮送夕阳。挹爽楼头，藐视磨难，笑看沧桑。遥望对面的西山，心胸为之激荡。我仿佛看见，三国时期的曹孙刘、关张周正势如破竹群雄混战。栖霞楼上，诸葛孔明手摇羽毛扇，一点浩然气，千里快哉风，俯瞰整个黄州城，游目骋怀。

我们借住在姐姐家一年后，因为小升初要交800元高价学费，父亲预支了打工工钱，又东拼西凑才凑到300元，还差500元没有着落。父亲捏着皱巴巴的300元钱，一声长吁短叹，两行老泪纵横。妈说："要不然我去给老师们多说点好话，让娃儿先上学，等攒够了再交看行不？"爹说："屁用不顶，人家说了'找谁也不行，已经给减免了50元，还想咋地？我磨破嘴皮说了八辈子好话都不行，只差下跪了，唉——都怪自己无能啊。"看着父母愁容满面的样子，我不知道该如何去安慰二老，但心里已暗暗有了自己最冲动、最愚蠢、最梦寐的打算。其实，父亲感到最寒心的是，他从16岁当老师，执教几十年，他每月几乎把自己到手的工资全部拿出来，资助了他的贫困学生们。到头来，因为"超生"被革职。如今，又因凑不齐800元学费，让自己儿子被挡在了学校殿堂之外。于是，后来，他内心越来越淤积出了一种愤世嫉俗的隐痛、排斥和抗衡。小时候，父亲在我心目中，始终是严慈的一家之主，绝对权威，是靠出卖体力养育我的恩人，也是令我最敬畏的人。好在，父亲那块心病，在长大成人激流勇进中的我，随着社会阅历的不断增加，慢慢给他化解得早已烟消云散了。若问如何化解，当引用一段佛理以飨读者：你以怎样的生命形式来到这个世界，并不是自己能够决定的。

3

800 元学费，犹如一只拦路虎，阻止了一个天之骄子，但同时成就了一个传奇人生。这是后话。

那年，小学毕业待升初中的我，以四门功课 395 分，其中语文 98 分、数学 100 分绝对优异的成绩稳居榜首，荣幸被荆门市京山县一中录取。按当时的情形，因地域差异，地处江汉大平原的京山县学费收费标准远高于鄂西北秦岭南麓的竹溪县。若再返回故土读书，对已远迁他乡的我来说，并不现实。但我又不愿看到父母双亲为了筹措自己的学费而丢下尊严忍辱负重，四处哀告。更重要的是，打小就一贯心性高傲的我压根也不愿拿着和总费相差甚远的区区 300 元，去低眉顺眼面对老师们的冷嘲热讽推诿妄议，或者说以出彩的成绩去博取老师们的同情怜悯而网开一面。当然，学校若能人性化任人唯贤破例招收是再好不过，校领导不会这样考虑，老师轻易也不会去设身处地坏了规矩。

恍恍惚惚的我好一番痛苦思索之后，还是做出了自以为是精心编织的叛逆决定。

细细品味，“家贼难防，偷光屋梁。”想必，莫过于此。

那天，趁着父母二老都不在家，我望着摆在父亲寒舍斗室一张裂开几条大缝的破烂三屉桌，两边屉子是开着的，空空如也。当我又尝试掰开中间锁着的抽屉时，一眼瞥见里面放着 6 张 50 元面额的绿板，共计 300 元人民币。于是，我伸出两个指头，从裂开的夹缝之间夹出 5 张，共怀揣 250 元钱作为盘缠。由此，开启了我浪迹天涯闯荡江湖的游子之路。

大千世界，茫茫人海。小小少年的我，何去何从，该如何在滚滚红尘、浪涛汹涌，尤其是尔虞我诈的现实社会中，求得一息尚存之地，一切都像是在空旷的天穹悬浮着，茫然未知。

临行前，我本来想给父亲写下一张留言条，当我看到上学时用过的一个黄颜色笔记本外皮封面上印着一栋大楼，上面写着“深圳”二字时，朦胧中我似乎有了石破天惊的荒诞目标。心中很快锁定了一个念头。去！

那一年，我正值青春萌动的 14 岁。

“250”这个数字，在中国人的传统理念里，实际是一句妇孺皆知、承袭千年的骂人话。它在我的脚板一起一落、身影闪转腾挪之间，成行了我人生旅程的拐点。“250”也为我辗转深圳那座最早开放的国际大都市，埋下了一波三折的颠沛伏笔。当然，“250”行为虽不光彩，倒也成了我此后几十年里可以聊以自嘲的谈资笑柄之一。

初出茅庐第一站。到达京山县城后，我做的头一件事就是，狠心拿出 30 元钱，买了一双足可让自己沾沾自喜、从小就梦寐以求的雪白厚底“回力”牌球鞋换上，为的是抢先满足一回曾经饱受诟病的虚荣。

第二站，省城武汉。

初涉这座历史悠久、九省通衢的楚文化发源地，感觉一切都是那么新奇，一切都是那么伟岸神圣。

在我走进武汉商场，首先是一种恍若隔世的盛况气息扑面而来，接着是陈列有序、琳琅满目、五颜六色见过的没见过的、甚至叫不上名字的商品，直刺得我眼花缭乱神魂颠倒。当我注视许久，看到有人路过商场一角时，纷纷会从放置有一摞摞报纸摊前，弯腰“顺手牵羊”似的拿走一份报纸不给钱后，我也下意识地走去，可能贪念使然，居然一次性拿走了厚厚一大摞报纸转身离去。很快，我这种超常可疑行为引起了商场保安的警惕。两个身手敏捷的安保迅速上前一左一右架住，把我押到警务室。面对眼前威风凛凛、头顶大檐帽、着工装、配电警棍的保安，从未见过这种阵仗、胆小如鼠的我，早已吓得浑身筛糠似的瑟瑟发抖站立不稳。他们一阵声色俱厉的盘问："小小年纪，从哪来，到哪去？"我结结巴巴语无伦次地附和回答："从老家京山荆门前往深圳投亲。"万分忐忑中，只差没有地缝可钻。那时，没有身份证，好在心中有数的我，出走时带上了小学毕业证，方才证明了我的身份当场放行。值得庆幸的是，保安头脑清醒，通过年龄和小学毕业证判断，定性我是"逃学"所为，并不是人人喊打的行窃小偷。报纸是免费赠予市民阅读，无非是看到我年纪尚小，一次性拿了太多有些形迹可疑，他们也仅是履行自己的职责而已。

多年后回味细想，那时以为神不知鬼不觉的我真是可笑至极。我一次性拿那么多报纸，到底干啥呢？是读吗？不是！是想当废品卖钱吗？也不是！究竟何为，连我自己都说不清，这也成了我刻骨铭心自我解剖的污点之二。

4

武昌火车站，这是一个南来北往、鱼龙混杂的都市大窗口。

在人声鼎沸嗡嗡炸响的大厅排队购票，我本来买的是硬座票。平生头一次踏上书本上才能读到的咔嚓、咔嚓节奏感十足的绿皮火车，一种前所未有的自豪油然而生。我捏着车票，侧身穿过狭窄拥挤的一节节车厢，目不转睛对号入座。好不容易找到属于我的“专座”后，跳入眼帘的是，本属于我的座上，早已四平八稳坐着一个看上去肥头大耳、眼神深谙微闭且一脸红肉丝子的中年男子。这都不说，更磕碜的是，此中年男人满脸胡须，偏偏又是个脑际一览无余、油光铮亮、仿佛荒山秃岭般的大秃头。脖子上挂着的一长串深褐色珠子搭到胸脯。说他是和尚，没穿和尚服，也不具备和尚的修为。从他敞开的对襟灰布衫和脚蹬的一双人字拖鞋看，结合一张人畜无害的脸，却怎么也掩盖不住一个混迹江湖的黑帮老大扈气。

因为害怕，我不敢声张招惹，惹不起躲得起，只能憋屈着，任由中年男人强制霸座。然后，整整 30 小时的火车，我就咬牙从武昌到广州一路站去。下车后，才明显感觉出双腿已肿胀僵硬，几乎无法挪步，一种钻心的疼痛和疲惫贯穿全身。

“征途凡几转，魏阙如在眼。向郡海潮迎，指乡关树远。”这是唐代诗人钱起在《送李大夫赴广州》时留下的千古佳句。

而 20 世纪 90 年代的广州，就已是名冠中西经济发达、纸醉金迷的花花世界。那时，它是不是一座开放、包容、文明、和谐的大都市，我并不了解。但第一感觉是，广州曾经的骗子多。我坚信，前脚到达，后脚就被忽悠了，这是不容置疑的事实。

事情起因是这样的，我的目标定位是去深圳，但需先从广州火车站乘车到汽车站，才能坐上直达深圳的班车。恰好十字路口有一个出租司机听说我要去汽车站，就主动热情地招呼说：“我带你。”多少钱？“25 元。”那时，我身上的盘缠就剩 50 元了。二话不说，上车。我从兜里摸出 25 元钱递给司机后，开始发车启动。谁知，司机顺着天桥和高楼上上下下绕了几圈说车站已到，无良司机绕来绕去把我从火车站起点又拉回到了火车站原点。待我下车又抬头仔细观察才发现，原来，在火车站马路对面，其实就是开往深圳的汽车客运站。到了客运站，我一眼看见路边停着的一辆大客车上写着“深圳龙岗”，反正我也不知道自己究竟该到深圳哪个地方。于是，又花 20 元买了一张到龙岗的车票。一路拖到龙岗大酒店终点站下车，此时，我身上仅剩可怜巴巴的 5 元钱纸钞。

怀揣着 5 元钱，20 世纪 90 年代在深圳能干什么，当然住不起酒店。心想，充其量不过吃一碗素面或两瓶矿泉水而已。若花完了咋办呢？自信告诉我：只要自己不倒下，别人推都推不倒。

当时“白象”机制方便面卖 8 角钱一包，我掰着指头算着买了 6 包，剩下 2 角钱。于是，整整三天三夜我就在龙岗大酒店楼下的马路边“住下”，一天干啃两包方便面。好在，南方深圳的气候炎热，尽管嗓子冒火，至少夜晚不怕冻着。

到了第四天的时候，实在饿得受不了了，两眼晕花、蓬头垢面的我，晃着虚脱的身体，漫无目的地从龙岗游荡大约 5 千米的路到了横岗。此时，正值午饭时刻，我厚着脸皮抱着侥幸的心理，向一家小餐馆老板要了一盒一荤一素的盒饭。那时候不像现在，菜单、定价都是制作成广告牌那种的高挂在墙壁上，那时清一色都是用粉笔直接写在黑板上。接下来，我又向餐馆老板讨要了一支粉笔。要粉笔干啥？我第一时间想到的是“求助！”——向神色匆匆的路人求助回家。

老板的不吝，盒饭的温度，粉笔的墨宝，让我永远记住了流落深圳时这第一个恩人。后来有人戏问我说：“‘250’你后悔不？”我说：不后悔，没有 250 支撑，就没有我今天策马扬鞭、驰骋疆场一路拼杀出来的赫赫功名。

读过一首美到令人窒息的古诗词，是这样写的：

上船不思岸上人，下船不提船上事。旧人无需知近况，新人不必问过往。人生聚散，本是常事，姻缘而起，都是注定。一念执着，万般皆苦，一念放下，便是重生。

5

我的人生淘金是从单打独斗找来一只泡沫箱、一个小小棉絮被、胆怯地找到冰棍厂进货、倒卖冰棍儿开始。20 世纪 90 年代，自行车作为城市上班族代步的主要交通工具，风靡城市大街小道，我尝试买来简单的扳手、钳子、车胎、坐垫、踏板、链条等所需工具配件，早出晚归在路边支起地摊，摸索着从修补、换自行车胎延伸向修理摩托车。为挣钱，多次突击性跟着包工头在城市道路旁挖树窝栽树。后又转入城市建筑工地，从提沙浆、搬砖、截钢筋、抬预制板、做楼面沥青防水技术等小工到娴熟地拿起瓦刀，靠悟性成为独当一面的吊线、抱角砌墙的大工。后又转入室内学习策划、设计、吊顶、贴瓷砖。掏过下水道，当过搬运工，清理过化粪池。这么说吧，那时的我，无论刮风下雨还是酷暑寒冬，为挣到些小钱生计糊口，几乎无所不能，只有想不到，没有做不到。一瓶矿泉水、两个白馒头夹点咸菜丁就是一顿“丰盛”的午餐。

《人世间》里周秉昆说过一句台词：“觉得苦吗？嚼嚼咽了。”梁晓声也有一句足可让人醍醐灌顶的话：“人生或会低迷，精神绝不颓唐。”人世间的人，大抵如此。沉默的、无声无息的，却也包孕苦难，更需遮蔽风雨。但我们行走挣扎在底层，容不得有太多选择。

14 岁的年纪，那是纯洁、剑眉、星眸、洒脱的花样年华。有一种初生牛犊不怕虎的放荡不羁，当然，也多少具备了些轻浮、执拗的江湖野性和多愁无奈。

那一年，我只身疯狂地扒上开往南方的绿皮火车，来到了正如火如荼迅猛发展和国际接轨的大都市深圳。这是一座昔日“小渔村”、后被号称为“深圳速度”三天一座楼的世人瞩目神地，是几乎在一夜之间高楼林立发生奇迹性变化的城市。也是当时中国经济最发达、最具活力的城市。我和大批青年农民工一样，怀揣“不到北京不知道官大，不到深圳不知道钱多”的憧憬幻想，从江汉大地远道而至，期待下海也能一夜暴富。

在这里，霓虹闪烁之下，你看到的是人山人海、潮水涌动。太阳每天从地平线上升起，再从地平线上消失，月上柳梢头，人约黄昏后。所有人都是脚步匆忙，疲于奔命，又如蝼蚁般渺小。压根没人会关注到你是谁，你从哪里来。“思想天马行空，行动务实自律”这是我自己践行的一贯原则。

“安得广厦千万间，大庇天下寒士俱欢颜！”这是唐代诗人杜甫的崇高愿望，也是我、是天下人的愿望，这恰是从“四海穷困”的现实基础上产生出来的，也构成了一种鸿鹄壮志的气势。

我在深圳偶遇的第二个生命中贵人——戴军，他是福建人，是深圳市柏兴拉链集团的老总。

因我当时年龄尚小，加之面黄肌瘦个头矮小。为求职我一次次穿梭在找不着南北直戳云天的钢筋丛林之间，往返奔波，好一番沿街东奔西跑，哀告讲情，均被别人一一拒之门外。夜幕降临时，大地为床，蓝天为被，街灯伴我度过一个个不眠之夜。饿急了，翻过垃圾桶，在菜市场捡过菜贩们扔掉的烂黄瓜、烂西红柿，也吃过水果贩子扔掉的烂苹果、烂香蕉，还跑进公共卫生间，嘴巴对着水龙头一阵猛灌过自来水。人海茫茫，举目无亲，走投无路之际，我终于鼓足勇气，跑上人行天桥，拿出要来的一截粉笔，写下了"求助，我想回家"等字样。那时，碰到第一个给我丢下10元钱的人，正是老板戴军。他丢给我的10元钱我并没捡，而是下意识伸开双手，一把抱住了他的右腿。此刻，我委屈已久的心门，像泄洪的闸门，混合着眼泪、鼻涕，还有声嘶力竭的哭声，一股脑宣泄了出来，稀里哗啦边哭边诉。

良久，戴军弯下身躯说："孩子，你年纪这么小，现在你一个人回家，我还真有点不放心。你就跟我一起，先到我的公司好吧！"他操一口标准的福建口音，磁性般温婉的声音中潜藏着浓浓的善意。

到他公司之后，他先是拿给我面包、酥饼糕点、牛奶，让我吃喝充饥。紧接着又吩咐他夫人上街，给我买回了四套衣服，让糟蹋得邋邋遢遢一塌糊涂的我吃饱后洗澡更衣。

月工资600元，工作职务是"跟班"。何为"跟班"？不是专职司机，也不是保镖，就是每天跟在他屁股后面转，一手帮他提包，一手拿个大哥大，老板到哪儿我就到哪儿。若有需求，就帮他接打电话，帮着开关车门，包吃包住，每个月给我开600元工资。回到家，就陪着他7岁的儿子玩耍。那个年月，实话说，在深圳能找到300元钱一个月的工作包吃包住，已经是相当不错了。

其实，我们每个人，都是自己生命的贵人。当行文至此，我只愿借一节古言，表达我对曾经南方那位戴军贵人毕生的感念：人生一日或闻一善言，见一善行，行一善事，此日方不虚生。遇富贵人，宜劝他宽。见聪明人，宜劝他厚。

这个工作，看似轻松自在，实际考验的是“跟班”人的见识、应变和智慧，学会八面玲珑。经过一段时间的锤炼摸索，和我自己独到的悟性，我发现，不该说的话，不说，不该问的事，不问，等同于秘书，又不是秘书。工作最忌浮躁、想当然。若有任何闪失和疏漏，不单是跟班的问题，它直接关系到老板的工作，轻则打乱老板的工作秩序，重则影响老板的正确决策，错失处理问题的最好时机。因此，跟班要尽可能把问题想在前头，把事情做在前头。办事要一丝不苟，不放过任何一个细节，不因事多而畏难，不因事小而不为，不因事繁而外推。对一些重要和敏感的问题，更不可掉以轻心。要摆正自己的位置，不越权、不越位，这是对跟班的起码要求。要有自知之明，千万不要把自己太当回事儿，觉得身价不凡，很了不起。还有，若是老板参加酒局，你应该了解目的是什么，老板希望你做什么？明确自己的职责，尽量做到心中有数。

其次，老板带下属出去应酬，还有个属性是为了显示“我有个跟班”，如果没有特别交代的话，“不求有功，但求无过”。一是弄清场合，衣着得体。无论是正装还是休闲装，都要保持整洁。老板随便穿是老板的特权，不要随意模仿。二是如果确实需要喝酒，不要扭扭捏捏。酒桌上被虐得最惨的通常不是酒量最差的人，而是推三阻四的人。你越是不喝，最后下场越惨。如果觉得酒量快到了，就中途溜去卫生间。像我某位朋友那样吐了客户一身的，没被炒掉只能说老板为人好。三是提前准备好几个段子，或者和行业有关，或者和社会热点有关，需要时见缝插针，调节气氛。也可以深入研究一下行业内的重大新闻，精确掌握事实和数据，有人聊起时能从容不迫地讲出来。大人物往往没有时间掌握细节，有时会很感兴趣，还对你刮目相看。四是学会看准时机去上厕所或者叫服务员。因为商务宴请一般会有目的，正所谓没有无缘无故的爱，有的时候有些话题，对方或者你的老板不希望别人在场，那你就要学会适时离席，潇洒的离席还会留下不错的印象，你想，有的时候，对方就在这一瞬间注意到你，因为那时他希望你回避，那么果断离场的你，当然会留下好印象。另外，永远不要抢话，尤其切忌打断老板或客户的话。宁愿安安静静坐一晚上，也不要瞎出风头。适当的时候需要帮老板捧哏、拍客户的马屁，但都别强求。

我在深圳，在跟班这个岗位上做了一年后，果断向老板提出了辞职。为什么？因为我知道，老板之所以这样待我，明摆着是伸出了一双援手，暂且让我有一个吃饭栖息的庇护所，把他的家当成我落魄时过度的一块跳板，长此以往肯定不行，得见好就收。某天，我陪老板的儿子在路边闲逛，无意间看见电线杆上贴着的一则牛皮癣野广告，开出的高薪待遇像磁石般强烈吸引住了我。内容是说河南灵宝金矿大量招聘工人，八小时工作制，包吃包住，保证最低月薪3000元以上。3000元与600元，二者的落差仿佛悬挂于苍穹庐山飞流直下三千尺的壮美瀑布。3000元的工资，在当时也相当于一个厅局级大官的月工资啊，那是何等的诱人。

深思熟虑之后，我斗胆向老板撒了个弥天大谎，顺利获准。然后，我跨上背包，跪谢了戴军和他夫人的搭救收容之恩。一转身奔赴向了河南中原大地。

6

不去，怕后悔，去了，更后悔。这是当下流行的一句网络语。若用在我那次莽撞冲动上，可谓是哀而不伤。

所谓“高薪”那是以讹传讹，纯属金矿老板为了招到矿工使出的“高薪”诱骗伎俩。我的工作职责就是充当矿老板的“打手”。管吃管住，压根就没有工资。在了解到实际情况后，明知误入虎口，悔之已晚，已经身不由己了，名面上来去自由，但暗中还有眼线监视。明哲保身啊，就只能委曲求全，装出一副对老板忠心耿耿死心塌地的样子，再伺机逃离。

灵宝市黄金矿产资源丰富，开采历史悠久。古代典籍多有记载，并留有许多采冶遗迹和遗物。据《史记·封禅书》记载：“黄帝采首山之铜，铸鼎于荆山下……”荆山位于阳平镇境内，是黄金生产主产区，已发掘出仰韶文化时期古人群居的遗址。光绪二年（1876 年）《灵宝县志》记载：“古矿，县山之连华者皆出，矿洞产铜、铁、铅、锡，宋置至今，久废莫知其处。”1964 年，河南省地质局普查小组在灵宝县故县公社金硐岔普查时，发现东蹄子沟古采洞的悬崖上镌刻有“景泰二年六月二十日起开洞三百余眼”。这与《明英宗实录》记载的“景泰三年，设陕西华州石坡巡检司，以其地近银矿，逃民多聚采故也”相印证。说明景泰年间，小秦岭一带就曾出现过规模较大的采金活动。

随着社会的发展，历史的更迭。开采矿产“淘金”者在物产丰富的河南灵宝如雨后春笋，从而演变为暴力开采的野蛮行径甚嚣尘上。违法犯罪行为主要是暴力抢矿，“私人没有采矿权，需要向大矿（国有企业）

承包坑口，并按月上交管理费和开矿分成”。名誉上说的是包，实际就是抢。抢到坑口后，矿主沿着固定的脉线开矿，往往又会和从脉线另一端开矿的同行殊途相遇，为争夺矿石产生激烈矛盾冲突。面对冲突，矿主需要组建护矿队。

我从小虽然很调皮，其实是不愿意打架的，也不敢和别人打架。上学时看到同学们干仗，我总是怂恿别人往前冲，然后自己躲在一边看热闹。第一次目睹亡命徒似毫无人性手拿刀叉棍棒，把人打得皮开肉绽，遍地是血，就是在灵宝金矿。那次，同样是另一个金矿的一众打手，跑到灵宝金矿对打，当时，我一看见那如汹涌海啸般的阵势，赶紧举着一把长长的扫帚远远站那儿，一边假装呼喊“打！”一边故意高举扫帚晃悠，没曾想一个打手偷袭上来，冷不防照准我的大腿就是一刀，直接捅到了腿骨，顿时鲜血直流。情急之下我就在想，我没打你，你凭什么上来就给我一刀？于是，我忍住疼痛，发疯似的挥舞着扫把，朝对方头上脸上一阵胡乱狂砸，且打且退，直到退到相对安全的地方罢手。好汉不吃眼前亏，因为我明知道对方拿的是刀，我呢，拿的是扫帚。加上身形矮小力气薄弱，势力是不对等的。真要硬拼，吃大亏的肯定还是自己。在那险象环生的万恶之地，老板和黑砖窑、黑煤窑老板一样歹毒，吃的就是人血馒头。另外，我一没同乡，二没身份证，到底姓啥名谁，连我自己都无法证明。人如蝼蚁呀，被打死了就打死了，没人会替你雪耻报仇，唯一可做的是，我得珍惜自己，保护自己。

自此，遭遇了这场教训，我就在想，人啊，有时还真是，我不犯人，人照样会犯我，这是人类的劣根本性使然。有句话是这样说的：“人不犯我我不犯人，人若犯我我必犯人。”其实，不完全正确，看在哪种场合，除了“勇,”还得有“智,”示弱，当是一种境界。

用最宽的心，装最多的福，人的一生除了发自内心的幸福和盗不走的生命，没有什么是值得炫耀的。

7

谁识秋原金风飒，枯润苍茫起磅礴！

人与人最大的公平在于：每个人都会遇到很多很多的麻烦和困难。

人与人最大的不公平在于：每个人解决麻烦和困难的能力方式不同。

人生没有白走的路，若干年后，你会发现那段艰涩时光里历练出的强大内心，便是命运赐予你最好的礼物。

在河南金矿九死一生、岌岌可危、绝对惨无人道的夹缝中生存，本来就是违心的。而且，你根本看不到有任何正能量希望所在。在矿老板眼里，“打手”无异于他豢养的一群呼之即来挥之即去的“狗”，甚至还不如狗。明知道随处都是伤天害理，只因屈从于老板的高压扈气之态，不得不昧着良心去玩命厮杀。钱无一文，弄不好反倒还白白搭进自己的性命，岂不是死有余辜，让人不齿？“心之何如，有似万丈迷津。横亘千里，其中并无舟子可以渡人。除了自渡，他人爱莫能助。”这一经典名句出自中国台湾作家三毛笔下，细品，似乎就是为那时的我量身定制。在多少个星月之下，小学还没毕业的我，恍然明白，也慢慢懂得了知识是学出来的，能力是练出来的，格局是修出来的。只有多读书，方可明事理。后来，我独自一人，除了倾其所有买来一本本古今中外经典名著、偷偷自学捧读之外，就是夜坐听风，昼眠听雨。悟得月如何缺，天如何老。我从内心深处，思考自己为什么会在金矿从事如此卑鄙职业？甚至连自己都越来越鄙视自己，也越来越有了度日如年的厌倦。我无论如何，都不能把自己美好的青春、七彩人生消磨在毫无人性的棍棒之下。

三十六计“走”为上计。误入河南灵宝金矿将近 410 个日日夜夜，终于寻得机会，趁着月黑风高，孤注一掷，逃离狼窝。回到了我不辞而别的父母身边——荆门市京山县。

离家出走多年，归来仍是少年。虽仍身无分文，也算是收获颇丰。因为，勤于思、善悟道的我，算是走南闯北，江湖万里，一路没少积累为人处世之道。17 岁回来到了京山后，京山县国有林场直接任命我担任副场长一职，同时承诺十个月转正，并纳新入党。好事来得太突然，令我自己都无法相信。但这是毋庸置疑的事实，这也是多少农村青年求之不得的天大好事。鬼知道，我的哪根神经出了问题，居然婉言谢绝。之后，我又一次想到了在深圳曾接济容留、让我从一片沼泽之地站上人生起点的恩人老板戴军，我可不可以再去投靠于他？好一番左思右想，还是否定了，为啥？当然来自一句千古遗训：“好马不吃回头草。”支撑“人”字两条腿，我只有站直了，从芸芸众生中站到台上，让万众瞩目，才有颜面见他，也不失为一种最好的回报。否则，等同于是自己在作茧自缚。

生活总会让我们遍体鳞伤，但不要因此而悲观丧气，请积极向上，如此，伤口就可以长出翅膀。此后长路漫漫，踽踽独行，即便历经万般红尘劫，也犹如凉风轻拂面。我知道随着时间流逝，无数事物会改变，沧海会变成桑田，山陵会化为低谷，就连磐石也会布满苍苔，面目几不可辨。但是，在我心中，总有那么一些东西，可以如钻石一般恒久远，永流传，譬如，不管岁月怎么变迁，但你还是你，我有我父亲给我取下一喊就令人出奇心颤的名字——秦栜尊。

若是追究起来，源自，我把自己人生新的节点，大胆指向了人称财源滚滚的山西煤矿。

我知道，未来的路不会比过去更笔直，更平坦。但是我并不恐惧，我眼前还闪动着道路前方野百合和野蔷薇的影子。

第三章　树无静止，川无静流

1

有时候，昨天的事恍若去年的，而去年的事恍若昨天的。严重的时候，居然觉得明天的事仿佛就是昨天的，往事如烟。

我瞒着父母双亲不辞而别，辗转南北绕过一圈后发现，曾经为卖一根冰棍赚到 2 分钱的差价钱，修自行车、摩托车时，攥着挣到手的一毛钱，那种沾沾自喜的成就感，那种充满自豪的价值体现，是多么的令人心旷神怡。喂过猪放过羊，忘拿钥匙翻过墙，割过草捡过粪，烧红薯吃的嘴角黑，吃杂粮穿破衣，看过黑白电视机，挖过蒜薅过葱，晚上点过煤油灯，轧过草烧过锅，小时候戳过马蜂窝。在深圳给老板当跟班时，处处鞍前马后，小心谨慎，低眉顺眼。那种高山与峡谷的对望，是连狗都不如的卑微。上小学六年级时，其他同学穿的是白得刺眼的“回力”牌运动鞋，我穿的是洗得没有了底色的旧解放鞋。上体育课，因我个子太矮站在最后一个，老师一喊向右看齐的时候，我发现全班同学咧嘴直笑。原来，是他们都把视线聚焦在了我的解放鞋上，那种尴尬和寒碜让我做梦都想着能穿上一双“回力”鞋，这一愿望在我怀揣“250”一路南下的路上实现了。这次准备远赴山西煤矿打工，计划挣到钱，第一件事就是先给父母寄点回去，让他们各自买套衣裳，再买几斤肉加顿餐改善下生活。也为自己购置一套挺括端庄、象征身份和地位的西装，配以火箭头铮亮的商务黑皮鞋穿上，气气派派风光一回。

“凿开混沌得乌金，藏蓄阳和意最深。”明代于谦为吟咏煤炭，写下了这样的诗句。山西素有“煤海”之称，煤藏量占全国的三分之一，煤田遍布全省三分之二的市和县，是不折不扣的“煤炭之乡”。煤被认为是远古植物遗骸埋在地层下经过泥炭、褐煤、烟煤、无烟煤的转变所形成的，无烟煤还可以进一步转化为石墨。一座煤矿的煤层厚薄与这地区的地壳下降速度及植物遗骸堆积的多少有关。地壳下降的速度快，植物遗骸堆积得厚，这座煤矿的煤层就厚，反之，地壳下降的速度缓慢，植物遗骸堆积的薄，这座煤矿的煤层就薄。

到了山西，我才知道，黄土高原和老家竹溪一样交通并不便利。大部分地方庄稼人种地需要肩扛人背，在这里流传着“男人走口外、女人挖苦菜”的说法，可想而知，当地人谋生又是何等艰难。若干年来，这里的煤矿就一直在开采，煤矿的发展带来了地方经济的发展，越来越多的外地人到山西煤矿打工，同样带动了经济的发展。或许在多数人眼中认为山西人都是煤老板，但实际上大部分的矿产是属于国家的，除此以外私人煤矿也不是本地人的。分钱只能给拥有当地户口且男方是当地户口的人，但一年也只有几千元。对于那些女方是当地人的，即使全家户口都在当地也不符合。也就是说煤老板占用当地土地资源开采煤矿，分钱给男不给女。村民家门口的公路从来都是络绎不绝，每天的拉煤车让地方小镇乃至整条公路上的人都处于昏天黑地的状态，路上的煤灰从来都是在原野旋风似的阵阵飘扬。没有人敢穿白鞋，人从路上走过一趟，鼻孔、口腔、肺部吸得都是煤灰。多少年来，生活在这样的大环境之下，不知道当地有多少人会因此患上呼吸道疾病。除此以外各个村庄或多或少都有煤矿开采后造成的房屋、土地、公路千疮百孔，伤痕累累，不亲眼见识没有人会想到人类的力量如此强大，古有愚公移山，现有采煤裂地。这本身就是矛盾着的，上苍让煤炭资源充实饱满了自然，上苍又要让人类向自然开战，掏空资源服务人类。大量村庄村民为此不得不忍痛别离迁徙到未及开采的区域，但是只要地下有煤，谁又能保证搬迁后的地方不会再被开采、房屋公路桥梁不会再次遭遇破坏？在煤储量巨大的山西，有煤与无煤没有什么区别，钱是别人赚走了，留给当地百姓的只有一地鸡毛。火车站没有一座，客运火车没有一列，每天拉煤的火车哐当哐当从未停歇。人人都知故乡好，谁人又知煤乡难。月是故乡明，煤灰遮望眼。沿海城市享受了国家无数的政策，他们没有因此付出沉重代价，而祖居煤都的人不知何时才能过上正常人的生活，不用再天天直面污染。当然，这是业余话，与我本人并无必然关系。

2

这世界就是这个样子，你不知道哪颗种子长出的树最好，只有悉心对待每一颗，就算有的永远烂在地里，你终究会收获一片树林。老天当然有瞎眼的时候，下一场雪，又盖上一层霜，冷，才是林木孕育的最佳时节。只要你熬得过去，当春天来的时候，雪会化成水，滋养你的土地。

17 岁那年，我正式踏进山西煤矿，成了一个不折不扣的挖煤工、运煤工。而近代技术已可使用露天采煤法，露天采煤法需动用每小时能移除数百吨之大型挖土机，移走数百米深之表面土层。虽然成本较低及有较快扩挖速度，但会破坏环境景观。一般深度采煤法之深度为数百米至数千米，通常需要数个直井作为坑道通风，抽走甲烷并减少矿坑内部之热与湿度。大约 90% 的煤田利用机械方式采煤和输送，因而坑道内之运输主要依赖输送带，其将煤输送至直井，然后再送出地面予以清洗、分类等处理。后又经过一次次技术革新，成功研制出具有自主

梽尊名言：老鼠之所以被猫吃，是因为老鼠低着头走路，看得太近；乌龟之所以跑过兔子，是因为乌龟抬头走路，看得很远，决胜于千里。

知识产权的国内最高的 7.6 米高端液压支架、二代连掘和掘锚一体化工艺，形成了一整套适合于大型矿井、中小型现代化矿井的煤炭开采装备和技术工艺。

在那个生产采煤、输送技术流程相对落后的年代，深度为数百米至数千米井下挖出的原煤，是需要人工用架子车一车车送至井上，再经一系列相应处理。按煤矿规定，拉煤工都是两人合伙一辆架子车，按规定运送一车煤可挣 4 元钱，一天下来，可以挣三四十元钱。我年纪小尚在其次，更重要的是，我在所有人高马大体格健硕的运煤工面前相形见绌，一眼看去倒多出了几分白白净净、文弱书生的气息。但实属身小力薄、弱不禁风之类，拖别人的后腿，直接影响的是收入。哪有人愿意跟我合伙？矿老板捏捏我的肩膀，摇摇头挥挥手长叹一口气说："你年龄太小，瘦瘦弱弱的一阵风都能刮跑，还是走吧，这活真不是你干得了的。"当时，我的眼泪都快要流出来了，几乎把苦胆水都给吐出来向老板求情："给我一次机会试试行吗，我已经走投无路了。如果确实不行，我自个打背包走人。"也许是我的虔诚和信心打动了老板，也许是上天的眷顾撬开了老板的金口，我被留了下来。但是，老板紧接着又明确规定，别人拉一满车算一车 4 元钱，我要拉三个小半车才能算一车。也就是说，单趟一千多米远的距离，我需要超负荷跑三趟才能挣到别人一趟的钱，别无选择，我二话不说就给答应了下来。

人生最好的七种状态：扬在脸上的自信，长在心底的善良，丰盈在大脑里的知识，融进血里的骨气，刻进生命里的坚强，挂在嘴角的微笑，藏在心里的梦想。

矿下矿上，是完全不同的两个世界，一头是逼仄阴森的存亡之线，一头连接着人人向往的罗马大道，希望就在往返的路途之间。一开始，用架子车拉小半车还勉强能跟上趟，在拉过两趟后，就和别人的距离越拉越远了。头一天下来，吃过晚饭，我裹挟着一身黏稠的臭汗和煤味蜷缩在低矮的石棉瓦工棚里，两排大通铺分东西排开，咫尺之间，肢体与肢体相拥横躺着几十个粗壮强悍的"煤工"，他们一个个睡得香甜还扯着如雷的鼾声。我却迟迟睡不着，为什么？累的。整个人浑身骨骼像散了架似的，两条大腿肌肉仿佛脱离了骨头，两只软绵绵的胳膊耷拉在肚子上就像被电打过似的，无法动弹。第二天再拉车的时候，我的两腿就跟灌了铅一样，颤颤巍巍晃晃悠悠直往下沉，小半车黑得发亮的煤块躺在凹凸不平的铁皮车厢，感觉沉重得像是要钻进地面，又像是要把人压进土壤那般喘不过气来，车轱辘在形似鱼脊梁的路面碾出咯吱咯吱喘息的闷响，我咬牙垂死一步三点头，拼命一趟趟往返于那条逼近罗马的通天大道。

人流如潮，向往高境界，朝圣矣！何求"照彻乾坤，"何求"印透山河"？当然，没那么夸张。何至于苦辣酸甜？豁出了，拼力了，我看青山多妩媚，料青山看我应如是。无大力之气，便转身用"狠"之地，天下小，小天下，始信不白活一回。

就这样，我强忍脚上、手上被磨出一次次塌陷的血泡，那上下双向钻心的阵痛，闷头拉了五天，到第六天的时候，再拉小半车煤明显感觉人不太累了，走起路来也比前两天轻松了许多。我就干脆把小半车煤增加到大半车继续拉。一架子车煤使出吃奶的劲拉着，腚沟子夹得紧紧地，两只手握住车把，两条驾辕的胳膊一动不敢动，汗水从额头到脊梁骨再流到脚脖子。有煤工背地说我力小人傻，我并没和他们解释什么，只是

梽尊名言：这个世界就两种力量：一种就是你改变世界，世界就让你精彩地活着；一种就是你改变不了世界，世界就让你窝囊地活着；除此之外没有第三种。

向他们点头致意，谢谢他们对我的关心。我也并没想到要刻意去讨好谁，仅仅是想不断地战胜自己挑战自己，或者是说证明下自己“行”与“不行”。又过了几天，一明一暗，我的举动被偷偷观察许久的老板所叹服，保持沉默的他不再沉默，两眼放光，瞅瞅装有接近满架子车的煤块，拍拍我的肩膀说：“小伙子，从今天起，原先的三趟改为两趟算一车。”我用自信的眼光和老板对视一下，笑了笑点点头，双掌合并向老板深鞠一躬，表示了谢意。老板又说：“看你开始一天天拉车那样子，累得像是要哭，满脸委屈呢？”我说：“我没理由哭，哭给别人看，那只能是懦弱，没用。我只是想证明，别人能干的事，我秦椃尊也能干，别人不敢想不能干的事，我照样敢想能干。”再后来我发现自己越拉力气越大，就干脆和别人“二人转”一样，索性每次拉满车，只为一趟也能挣到理直气壮的 4 元钱。老板见状，又拍拍我的肩膀，伸出拇指做出一个手势，又说：“小秦呀，还真有一股子狠劲，你要是能把这股子狠劲全心使到煤矿上来，说不定真能干出点名堂。”老板的手势里充满赞许赏识，也有敦厚和坚毅，而他的话更是像一针“强骨润心剂”注入了我的体内。

此后，有好几个煤工背地主动找我说要跟我合伙拉一辆煤车，都被我婉言谢绝了。

煤矿矿工的“井天”生活，是寂寥的、卑微的，也是多姿多彩充满幻想的。三百六十五个日日夜夜，日暮乡关、昼伏夜出，疲惫倦意，诋毁嘲笑，我都是这样咬牙付之一笑的。我曾不止一次被五大三粗的工友嘲讽、霸凌过，但我不想同室操戈一决高低。“海纳百川，有容乃大”，心胸决定格局，高度决定视野，角度改变观念，尺度把握人生，这是自己一以贯之的理念。有一次，我曾当着同室工友们的面，用拿来主义把从书本上看到的《陈涉世家》里的一句“苟富贵，无相忘”当作自己的话放出豪言。不曾想，工友中居然有个看似粗俗的文化人，他很快站出来递上下句，说：“若为庸耕，何富贵也？”来怼，说我大放厥词，自不量力。我脸上一阵阵火辣辣如煤火灼烤，没再声辩，就干脆追寻自己无往而不胜的梦想不断地做，让上升的气球不断地破。当小学才毕业的我寂寥时，书就是我通往罗马的挚友，把矿井看作一幅泼墨画，油亮的煤是点燃我灵魂的一首抒情诗歌，架子车就是我一次次手拨五弦之后，远去消失的琴音。这期间，在同行煤工眼里，始终认为我是个不折不扣不知道天高地厚的家伙。但我就是这么任性，我一直在暗暗伺机行动，大胆勾勒自己的野心构想。休息时两耳不闻窗外事，一头扎进书本，在书上谋篇搜寻出一个个超乎寻常的“生”与“活”的感悟；春有春的风情，夏有夏的火辣，秋有秋的醉美，冬有冬的雅致，残荷之美，美在泥土下一眼看不见的果蕾。四时各不同，才构成了天地万物轮回生存的空间。人亦如此，再不顺的生活，微笑着撑过去了，就是胜利。如果能用享受寂寞的态度来考虑事情，在寂寞的沉积中反省自己的人生，真实地面对自己，就可以在生活中找到更广阔的天空，包括对理想的坚守，对生命的挚爱！

人生需要尝试，不然，你永远不知道自己的能量有多大。

那个时代，没人拦着你，只有你自己拦着你自己。你的禁忌越多，你的成就会越少。人只有一种禁忌——法律。除此之外，越肆无忌惮越好。一年后，经煤老板搭桥，我破例在山西承包了属于自己的煤矿。我的矿工队伍从几百人迅速扩大到 1700 人，之前，和我朝夕相处同睡在一间工棚的工友，不愿跟我合伙拉一辆架子车的工友，纷纷自愿选择做了我矿上的矿工。很快，我又大胆突破，引进了当时全国煤矿领域中，行业最先进的掘煤设备和最先进的自动运煤传输设备。我让它们依次在沧桑中牵手，在链条上演化一段从洪荒时代一路走来的复兴风景。

由此，我的人生生涯便如脱缰的野马，开启了跌宕起伏、有恃无恐、巅峰与临渊的大挑战和大对决。

3

浮生往事烟与霞，不堪回首不能罢。一半苦涩一半甘，冷暖自知一杯茶。人生能有几度秋，流年逝水催白头。感觉依是少年郎，对镜无语泪先流。19 岁，是一个血气方刚的年纪，于学生而言，应该是在学校充满幻想、对未来充满希冀、激情似火的年纪。但我，作为自己事业的拓荒者，又何尝不是激情燃烧的岁月？那一年，我依附在山西承包的煤矿，个人资产很快从囊中羞涩积累到了 5000 万元人民币。23 岁那年，我的身价已高达 3 亿元，我终于有底气向父母宣告，14 岁多就踏上社会、当年孤苦伶仃沿街乞讨的我，五年实现了人生的华丽转身。曾有人问我："承包煤矿需要一笔不菲的资金，初出茅庐、赤手空拳、乳臭未干的你是如何做到的？"我说："那些年承包煤矿不凭钱，凭的是超前胆识、吃苦耐劳、至高站位、过人的魄力，还有天时、地利、人和。"

我们遵循的煤矿精神是一代又一代山西人创造、传承实践的共同价值追求。可提炼概括为"忠厚吃苦，敬业奉献，开拓创新，卓越至上"16 字方针。"忠厚吃苦"是本，是我们煤矿精神的品质，高度概括了我们矿工朴实无华、厚德载物的高尚情怀。“敬业奉献”是魂，是我们煤矿精神的精髓，充分体现了我们煤矿人爱岗敬业、忠于职守的思想境界，勇担使命、乐于奉献的行业品格。我们的煤矿史，就是一部山西煤炭人以实际行动诠释的感天动地的奉献史。“敬业”是我们矿工兢兢业业、刻苦钻研、精益求精的本色特点。“开拓创新”是神，是我们矿工精神的核心，直接展示了我们工人积极进取、不断探索的精神风貌。“开拓”是我们敢想、敢干、奋进、拼搏、勇为的魄力。“创新”是时代精神的体现，是持续发展的要求。

读过一首诗《你要写少年，就不能只写少年》，其中这样写道：

要写蛰伏，写无奈，写东逝水，时间是客观的存在。要写十年饮冰，难凉热血，写寒窗苦读，写背道而驰。写名落孙山，写东山再起，写错过的风景与时光，写笃定的选择与舍求。要写飞扬，写轻狂剑，写藏在剑鞘里的诗篇。要写一场风华一场大眠，写冰镇汽水和不晚的夏天。写八声甘州，写听雨阶前，写单衣上马一骑当千，再写永不复行离弦的箭，写尽风发意气，独独不提，谁在灯下摹你眉眼。①

春风又一次掠过黄土高坡，吹遍西北大地，飒爽寒肃。江天廖阔，苍山萧瑟，燕飞雀跃，蛰声渐起，叶飞蝶舞。源上、煤矿，黑黝黝发光的油彩，正重重叠叠奔赴在远方的路上，描摹出一幅幅斑斓画卷。这时，偶有闲暇，我终于敢放松身心，放飞自我，尽情在山西我承包的煤矿周边乡野转转。抑或是一种与生俱来的情怀吧，小时候向往都市的繁华，长大了怀念家乡的宁静，村里的风景平淡但耐看，也许老家并不便利，却最温馨治愈，行走万里，方知家乡最美，看尽繁华，才知简单最真，

① 《青年文摘》2023 年第 3 期《你要写少年，就不能只写少年》

人生无常，心安便是归处。

从一个纤弱寒酸的拉煤工，到摇身一变成长为一个名副其实的煤老板。我深感肩负责任的重大，如泰山压顶。杜绝“三违”现象，大到矿区采煤、掘进、机电、运输生产安全，小到矿工吃喝拉撒、磕磕绊绊。我白天除了处理各项事务之外，出于多方考虑，每天晚上风雨无阻，都会下到井下去查看巡视一次。执意让精魂为铀，意志为核，力量为轴。

那晚 12 点查看完回来洗完澡，躺到床上正翻开詹姆斯 · 艾伦、拿破仑 · 希尔所著的《人性的优点》阅读。是夜凌晨 2 点 38 分，突听一阵轰隆隆的巨响振聋发聩，眨眼间一团团炽烈的红光铺满眼前的整个天空。我的第一反应还以为是发生了“空难”或是天际异象。很快，惊为人天的消息从矿井传了过来，我一跃而起从床上弹跳下地，从嗓子眼蹦出一句话六个字:“天啊、完了、完了……”我当时恐惧地嗫嚅着，顿感周围的一切仿佛都要把我吞噬掉，放眼望望整个矿区刹那间已是无尽的黑暗。两条哆里哆嗦的弯腿就像两根失去了生命的枯树枝，晃晃悠悠站立不稳。

时间定格了，甚至连四周的空气都凝固了。

这就是 2007 年轰动全国的煤矿瓦斯爆炸特大事故案。11 年，近 4000 个日日夜夜，我辛苦经营起来拥有 1000 多名矿工的煤矿顷刻支离破碎灰飞烟灭。我的人生堡垒随着一声惊天霹雷，被彻底打回原形。不，这是打下了万丈深渊，打进了人间地狱。事故共造成井下几十个矿工的生命魂飞魄散，荡然无存，梦断天涯。几十个生命，就是几十个家庭轰然坍塌，他们是父亲，是丈夫，也是儿子……

世上最疼的疼是原谅，最黑的黑是绝望。我隔着泪眼看世界，仿佛整个世界都在哭，那是我碎了一地的诺言，那是我拼凑不回的昨天。我好一阵悲怆之后，双膝跪地，仰天嗟问：青天呀，是你苍白了我的期待，讽刺了我的执着。我紧握忧伤，哀叹世事无常，怎会煎熬成觞成了注定的结局。在这个忧伤而明媚的三月，我从我单薄的青春里打马而过，穿过紫堇，穿过木棉，穿过时隐时现的梦魇和无常。

那是时空的爆裂，让神光离合，让万物纷披，让我从一片朗宇清新骤然跌进了一个未知的混沌魔窟。

第四章　绝处逢生，山河明媚

1

爆炸事故发生后，我也想到了死，一了百了。许久许久，我忽然又想到，天啊，我还有很多事情没做，它们都需要我去从千丝万缕中理出头绪，去逐一用心完成。比如我的父母，他们含辛茹苦曾为三斗米而折腰，如今已是风烛残年，他们正是需要我去尽心赡养的晚年。我的爱女，不谙世事的爱女，她已经离开了妈妈，不能再失去父爱，她也正是需要一个有责任有担当的父亲去责无旁贷为她遮风挡雨的时候。我的几十个矿难兄弟，他们齐刷刷有几十双眼睛从天堂射向人间，他们聚焦在我的身上，揪紧我的每一根发丝。

人生即经历，经历即人生。

意外、艰难与横祸，困厄、绝望与迷茫，毁灭、存续与悲悯……我在冥冥之中，背负着一座沉重的十字架。

一场从天而降的重大矿难，直接导致我债台高筑，负债过亿。结婚两年的妻子，毅然决然选择抛下嗷嗷待哺的女儿离我而去，远走高飞了。我没有竭力挽留，因为我知道，那种挽留过于苍白无力，或是徒劳无益。面对只能同甘、不能共苦的结果，等同于在伤口上撒盐，只会让你苦上加苦。我也相信，身处绝望中的人，什么都愿意相信，包括生命与信仰，人性与人性的劣根。

王莽末年，义兵四起，天下大乱。王莽十分忧愁，一个叫崔发的人进言：在古代，国家遇到大灾，哭一哭就好了，我们也可以这么办，如果我们哭得哀痛，一定可以感动上天，到时候就得救了。于是王莽率领群臣，到都城南郊，先把情况跟老天爷汇报了一下，然后仰天大哭，哭得喘不过气，接着趴下磕头。百姓也跟着哭，从早哭到晚，朝廷管饭。哭得好的，可以当官，5000 多人因此发迹。老天爷听了，确实很感动，然后拒绝了王莽。很快王莽就兵败被杀，百姓拿他的头当球踢。据《资治通鉴》记载，当时国库里还有 60 万斤黄金，但王莽不舍得赏给将士，所以上下都没有斗志。

穷途末路之际，王莽不心疼眼泪，不心疼头颅，却心疼黄金。现在看起来是多么的不可思议，但人性往往如此。

有一种普遍存在的误解，认为人在遇到挫折、打击之后，就会认清现实、放弃幻想。事实上，许多人在身陷绝境之后，反而更容易相信无稽之谈。一个人只要足够绝望，看什么都是拯救的信号。

人在无力的时候，是没办法面对现实的。因为世界上压根就没有一种像桌子椅子一样的东西叫作现实，每个人每时每刻都在编织自己的现实。人在心情舒畅、精力旺盛的时候，能看见更大的图景，言行举止也会更自如，而到了精神虚弱、苟延残喘的时候，只能看见眼前的一丁点儿微光，摸到什么就会把什么当成救命稻草。所以，很多受害者容易再次掉进坑里。人在最不幸的时候，关心的往往并不是衣食住行。生命之火越是暗淡，越难以做理性的计算。因为计算是需要力气的，而相信地狱、相信奇迹不需要什么力气。节衣缩食的人，可能会愿意花天价买一个念想或安慰。

男儿有泪不轻弹。这一次，我禁不住流泪了，不为别的，只为九泉之下我那几十个不复生还的兄弟。

当我终于处理完一切事务，怀抱年幼的女儿，拖着身心俱疲的身体回到父母身边时，看到年迈的双亲已是两鬓斑白苍老了许多。我纵使有万语千言也不知道从何说起，颓废沮丧，万念俱灰，浑身上下仿佛蛰伏着无数只黄蜂，终日茶饭不思，惶恐不安。蜗居一段时间后，我把懵懵懂懂尚不更人世的爱女托付给了父母二老，临行，我把脸庞扎进母亲怀里，贴在她怀抱着孙女粉嘟嘟的脸蛋上亲了又亲吻了又吻，女儿是熟睡着的，她睡觉的样子是天真可爱也是憨态可掬。然后，我又掏出纸巾把母亲从眼窝到两腮的泪痕沾了又沾擦了又擦。几次欲言又止的母亲还是没忍住又开口了，说："尊啊，无论如何，小时候，是别人把你的生死扛在肩上，你现在已长大成人，得要把别人的生死扛在肩上。"我明白母亲说这话的意图，也明白这句话的分量，我强忍着如鲠的喉咙，使劲点了点头。我望着和母亲并排而站一言未发、眼泪打转的老父亲，他的双眸似乎射出一道电光，坚定而有力，神圣不可侵犯。我双膝跪下三叩头，算是对父母做最诚的忏悔和道别。我不知道还该说些什么，又该怎样再安慰二老，仅是重复说了已说过数遍的保重、托付话。爹说："你走吧，好男儿志在四方，如果真的坚持不下去了，想放弃了，就自己偷偷地退场，别声张，也别找任何人诉苦，因为没人会在乎你，但一定有人希望看你的笑话。"又说："老天能安排到你身上的事，一定会如期而来。如果你承受不了，老天就不会安排到你身上，能在你身上发生的事，一定是你的必经之事，这些事你挺过去之后，肯定会有一个更好的明天。

下一个人生驿站在哪儿，我不知道。但我确信，只要步履坚实，最终一定会抵达！

2

做一个有故事的人，用你的故事去影响世界。

我背上我唯一的行李，《人性的优点》全集，《营销与策划》《一半是火焰，一半是海水》和路遥用生命书写的绝唱《平凡的世界》等十几部有关人性的中外名著，踏上了北去的列车。

皇城根下，茫茫人海，这些于我而言，并不陌生。北京与胡同，这两个词相依相存无法分离，没有去过北京的胡同，也便读不懂北京。只有在秋季，一切都被染上颜色，历史的味道才真正四溢开来，这个季节才能与北京的老梧桐找到最深刻的共鸣。看，那好一片落叶渲染了秋色，好一季落花沧桑了流年。尤其雨天的小巷古朴、典雅，石街的路上撒满了时光的痕迹。

北京的秋天太美，连逛菜场都变成了一种享受。五颜六色的不仅是那满山满树的叶子，还有瓜果蔬菜呢！整整齐齐地摆在摊位上，洒上点水就生机盎然鲜活润色了。

总是有太多惊喜。皇城根下，住一晚要去哪里好好体验呢？不想把好秋光浪费在高楼大厦的快捷酒店，只想找个山脚，找个小院，找条胡同躲起来，享受下私人的美好时光。又能往哪儿躲呢？此时此刻的我，一下子被打回了穷困潦倒的原型，已是噤若寒蝉，哪还有资格去享受美好时光？

“艰难苦恨繁霜鬓，潦倒新停浊酒杯。”

由简入奢易，由奢入简难。也就是说，人可以从无到有，是一种满满的成就感自豪感。而从有到无，面对从金玉满堂到流落街头巨大的反差，那种天壤之别的挫败是 95% 的人都承受不了的，尤其是商人。因为没有经历过创业的人，永远不知道其中的酸甜苦辣，更无法体会失败的痛苦和煎熬。除非万不得已，我是个一般不开口、开口不一般的人。在京城奔波流浪的日子，曾因身无分文举步维艰，厚着脸皮，也是满怀希望，找到在北京谋事、曾在我事业如日中天时称兄道弟的一个家门兄弟欲转借 500 元钱。那天见面时，老乡看到我一副邋邋遢遢落魄窘境，又听说我的遭遇后，故作诧异，满嘴吐出的都是一连串哈哈大笑的惊叹号，接着布满戏谑“复杂”的眼神望着我说：“就你还承包煤矿？就你还痴心妄想当老板？哼，也不掂量掂量自己几斤几两！想借钱？门都没有！走吧，快走，免得一身晦气玷污了我的魅力。”他那轻浮的神情，他那藐视的毒舌，句句剪刀似的刺进我的胸膛。我忍不住想起他当年求人时，是不是对方也和他今天这样如芒刺背。人说男儿膝下有黄金啊，但是，要吃饭要生存，人在屋檐下不得不低头。那次，饥肠辘辘蓬头垢面的我好一阵好说歹说，居然神不知鬼不觉向老乡兄弟屈膝跪了下去。最终，钱没借到，反遭一顿尖酸刻薄的嘲弄羞辱。那次，我才真正领悟到了“兄弟”的背叛，其实比穷困潦倒来得更加可怕。那次，我才真切感受到了，金钱几乎能够买到你想要的所有东西，物质也好，感情也罢，有了钱，所有人都会围着你团团转，正所谓有钱能使鬼推磨。就像电影《飞驰人生》中的主人公一样，从富豪变为穷光蛋的时候，之前所有围在身边点头哈腰的人都扔掉了面具，成了一条条龇牙咧嘴的变色龙，现实就是这样残酷。

时值金秋八月，随处飘溢的桂花清香丝丝缕缕。地点：北京王府井大街某栋高楼。也就是那晚，茫然四顾已走进死胡同的我，借着月明星稀的夜色，饿着肚子肩挎随身携带的厚厚一摞书籍，蹒跚着脚步拾级而上到了二十余层楼顶。俯瞰城际，万家灯火，车水马龙，街道像一条波平如静的河流，蜿蜒在浓密的楼丛里。苍穹下，楼顶上死一般的寂静。放眼远去，东西南北天地相连，把我所处的位置围出了一个大大的圆心，这大概就是万物自然大地轴心的奥妙引力吧。回想，发生矿难是一个瞬时事件，落魄却是一种需要逐渐领悟的状态。我像是忽然被扔进一间没有灯的屋子里，要一点点碰壁才能摸清困境的轮廓。那是一个临近中秋的夜晚，无言独上西楼，月如钩，寂寞梧桐深院锁清秋。剪不断，理还乱，是离愁，别是一番滋味在心头。我在千山之外，望穿秋水，大脑嗡嗡炸响，竟然一片空白。什么人生、事业、金钱、名利统统被彻底清零。盘点我这个血气方刚的年龄，无非是从一个数字变成一堵墙，既是外人设定的门槛，也是自己划定的牢笼。呜呼，哀哉！我再次朝着南方，朝着鄂西北家乡有父母的方向凝望许久深鞠一躬，作了最后深情的告白，然后径直走向了楼顶边缘的最后一步。眼看这繁华盛世于我就像万千枷锁，我短暂的一生霎时就将神不知鬼不觉彻底消失在这里，我紧闭上眼泪夺眶而出的眼睛，就在我去意已决要纵身一跃、了此一生的瞬间，半是清醒的我猛然收住了已经悬空的右腿脚步。高楼下，依旧车来车往，如流星赶月。

那一刻，我忽然又原原本本回放了一遍之前要死没死留存在影像中的镜头。它们在向我发出灵魂拷问：秦梼尊啊秦梼尊，难道你想就此背负重任一走了之？告诉你，若是这样，就算做鬼我们也不会放过你。尽管我们死了，天降大任于斯人也！你得活下来，你得挺直脊梁，替我们几十个兄弟担此大任，勇于向我们的家庭、父母妻子儿女负责到底。否则，你就是愚夫、懦夫一个。与此同时，我的思绪也开始平心静气慢慢收拢，向苍天，向大地，向霓虹闪烁的人流深处，愧疚地向自己发出了一连串诘问：秦梽尊，你还是血性男人吗？读过的书都领会了吗？你辗转南北纵横越野，那些路白走了吗？你还是最初出道时那个初生牛犊不怕虎的秦梽尊吗？人生，除了死，一切都是游戏。死，需要足够的勇气，你连死都不怕，还有什么能阻止你泰山压顶逢山开路的力量和勇气？

随后，我一个人瘫坐在那栋差点让我生死别离落月屋梁的楼顶直到晨钟暮鼓。不可否认，我是一个剑胆琴心之人，也是一个让死神望而却步之人。那晚整整一夜，我都被书上读到的那些如万马齐喑的万语千言萦绕着。他们说：你知道吗？人不要害怕失去，你所失去的本来就不属于你的，你也不要害怕被伤害，能伤害你的都是你的劫数，人一辈子该走的路，该吃的苦，该掉的陷阱，该撞的南墙一个都不会少。他们说，你知道吗？只有这个世界呀，没有不带伤的人，无论什么时候，你都要相信，真正能治愈的只有你自己，真正能抚平伤口的也只有你自己。不要抱怨，别怕孤单，要努力沉淀，世界皆苦，唯有自渡，生活就是一半烟火一半清欢，人生就是一半清醒，一半释怀。

滚滚红尘，愿你有不伤害别人的教养，更有不被别人伤害的气场，如果没人护你周全，那就请你善良中带点锋芒，为自己保驾护航。他们又说：你知道吗，只要你自己不倒下，别人推都推不倒。你自己不愿站起来，任凭别人扶都扶不起来。他们还说：人总要咽下一些委屈，然后一字不提擦干眼泪继续往前走。成长的代价，就是失去原来的样子。没有人能像白纸一样没有故事。其实，早晚有一天你会明白，人除了生死，其他的都是擦伤罢了。心底的痛写在脸上叫作沧桑，心底的伤写在眼里叫作故事。人生路长，大度何妨，心有故事，脸有沧桑。目之所及，皆是回忆，心之所想，皆是过往。放下执念，心，才能回归安宁。

3

治穷之道在于治心，只有野心才是治疗贫穷的良方。

自杀未遂，经痛定思痛调整了心态之后，我的心反而出奇地平静了下来。我就像重新站在了沉船的甲板上，望着原本惊涛骇浪的海水被甲板从激流中缓缓地一分为二。

跨越九天寰宇，比天更高的是目光；跨越碧波无涯，比海更远的是脚步；跨越高远之极，比山更坚的是精神。一起一落是人生，一苦一甜是生活，一喜一忧是心情，一朝一夕是日子，一岁年龄一岁人，一岁经历一岁悟。

2007 年年底，我孤注一掷摇身跳出死胡同，挖掘自己从书本上日积月累的大量科普知识，和自己滔滔不绝出口成章的天赋异禀，改行从事教育培训。这是我漫漫人生路上，再度披荆斩棘扬帆起航的第三个分界点。

你不站到台上，就永远只是一个看客。只有站到了台上，才会华光四射。我必须东山再起，当时想到的最根本原因是，向老乡借 500 元钱而遭遇的冷嘲热讽。

要想认识到自己的无知，需要相当程度的知识。发愤学习，是唯一法宝。当然，学习只是表象，认知才是终极目标；人与人之间没有本质的差别，真正的差别是认知的差别；每个人终其一生的目标都是在拓宽认知的边界。提高认知能力，需要一个更好的思维模型，而不是更多的知识，在一个落后的思维模型里，即使增加再多的知识量，也只是低水平的重复。

我是在山穷水尽之时，釜底抽薪。先是找了一家餐馆打工，刷盘子洗碗包吃包住，利用打工挣到的工钱，走进餐馆附近北京一家教培机构参加学习培训。学业期满后，2008 年，孤军奋战组建起了自己的“教培团队”，与其说是团队，倒不如说是由两人组合的“二人转”。我们马不停蹄、跋山涉水、纵横千万里游走在泱泱华夏茫茫人海的各大、中城市。客座讲授的第一课主要是“大学生毕业第一次创业”。接着很快循序渐进引申一步，给企业做培训，做安全生产培训。做启发式哲理演讲、企业营销策划、顶层设计、股权设计、商业模式设计、品牌设计，兼做企业家的灵魂式培训，继而又壮大团队打造。无论是做教培，还是做演讲，头一天晚上我都会挑灯夜战精心备好课程，确定下三个“关键词”作为主题，结合自己一步步摸爬滚打的人生经历，贯穿现代人际的错综复杂，触及古往人性灵魂，抛出老子、孔子、庄子、孟子极富人生哲理的千古遗训去发人深省。我在鲜花、掌声、喝彩声的一次次惊呼中，曾闪亮出场举办过万人演讲超百场次。很快，我凭借内在潜质、自身修为、清新脱俗的气质魅力、沉着亲和的表达定力、温文尔雅的凝练功力，赢得了国内同行业公认的万人演讲大师称号。我用三年时间，实现了演讲 CD 年销售数量十万张的跨越式创举。

从一场矿难后妻离子散的举步维艰，到逆风翻盘东山再起……慢慢地，我又还清了因煤矿爆炸欠下的 400 万元负债。要说那时 400 万元，其实，它的质不低于 4 亿元，因为，我一切都是从头再来。人生赛道上，我正开枝散叶、长风破浪。

这世上最贵的东西从来不是黄金宝石，而是希望。所谓希望，就是既定自我的延续。不管是找大师算命，还是找高人指点，我要的只是我还能继续相信自己。其实不难理解。一个人要有充足的时间和精力，才能读得进去艰深的书籍，才能培养技艺与爱好，才能理解复杂的情感。我用四年时间，还清了因矿难欠下的债务后，为拓宽自己的视野，让自己能激流勇进站上经济大潮的新高度，我不惜花费 600 万元，漂洋过海前往美国学习深造一年。作为一个草根"海龟"，我于 2012 年学习期满回来后，很快加入了中外直销公司。销什么，一句话，和水有关，正悄然兴起具备高端纳米科技的全球"净水器"龙头行业。

本是青灯不归客，却因浊酒留风尘，星光不负赶路人，岁月不负有心人。我要做的注定是明天别人没做的事，而不是昨天别人做过的事，这是我铁定的信念。

仅一年时间，我就实现单月个人销售额 1680 万元的骄人业绩，同时带领自己拥有 20 万人的团队，创下年销售额超 20 亿的惊人佳绩。随后，我又紧锣密鼓，筹备加盟了属于自己的、同样和水休戚相关的净水公司。

我们发展商业模式的目标，就是要发现更大的"价值地带"，找到势能，就是"高速成长的业务"，高效去实现价值空间，提升与合作方之间的合作效率。充分利用互联网和电子商务手段，结合传统的流通渠道，股权分红激励机制，进行有效的资源配比，以让企业的销售实现短期盈利和长期品牌发展。缔造我们自己的"精准零售 · C2F 模式"，让我们企业成为第一个精准零售的有效实践者。

面对日益竞争激烈的净水器市场，我们公司专业团队从事专业净水研发、生产、销售、服务于一体。正大浪淘沙与时俱进开启精准零售新模式，致力于让天下人能够喝上健康安全的饮用水而征战。

然而，苍天弄人。当我意气风发、开疆拓土再向新一轮商战驰骋挺进之时，接踵而至的是，我的人生命脉再次遭遇当头一棒。这次，是医生的一纸确诊书直接把我打进了人间地狱。

时间到了 2013 年。一切仿佛是命中注定。我不禁独自仰天发出一声长长的喟叹："千年调，一旦空，唯有纸钱灰，晚风吹送，尽蜀鹃血，啼烟树中，唤不回，一场春梦。"

第五章　学如不及，犹恐失之

1

因为交不起学费而辍学、连小学都没毕业的我，在多数人眼里，其实和文盲没有什么区别。浪迹天涯混迹社会后，我才知道没文化有多可怕。然而，知识不是用来炫耀的，当你把它发挥到极致的时候，你才会发现知识的力量有多么强大。我从缺吃少穿打工开始，一路筚路蓝缕就暗暗发誓，得发愤，只有发奋才能改变自己。于是，我先买来《新华字典》《新华词典》，把它们当我最真实的老师来学习。从每年以阅读上百本书的速度到自修大学文凭，实话说没人敢说我是小学文化。作为公司产业集团创始人，我坚持在壮大企业的同时，贯穿着教培演讲，一次次站上讲坛刷新我的认知和价值。我也有幸通过《C2F 精准零售》《百分百成交法则》《五定营销法则》《总裁执行力》《生命密码》《两性关系》等高精尖知识领域的课程讲座。旨在以善良的种子，激发无数的善良。用知识的船，为无数生命摆渡。这也让我收获了一些荣誉和良好的口碑。殊不知，这些名不虚传的烫金荣誉背后，我付出了超出常人百倍千倍的艰辛，也是我三次挣扎在死亡线上，又浴火重生开挂的一树芳华。

我本身就是一个传奇，我胆敢创造无限奇迹。

2013 年 9 月 12 日，我在北京第二次复查，还是确诊胃癌晚期。那一次直接被医生宣判了“死刑”。他们说：“你要放下执念想开点，该吃吃，该喝喝，该玩玩吧。”

这次确诊，是命运之神无情地把我从天宽地阔的火热职场打进了万劫不复的临渊海底。如果说我的煤矿矿难，多少隐含些人为因素，但癌症病魔仿佛是上帝抛下的一支屠戮之箭，要致我于死地。

我之前身体没有任何不适征兆，是在连续数日浑身酸痛、四肢无力、吃啥吐啥、就连喝口水也觉得扎心扎肝、搅动着五脏六腑、哇哇哇吐个一干二净的状态下才去就诊的。我从武汉同济医院跑到北京 301 医院，医生问:“你就一个人来，要不就跟你说实话？”我说:“你肯定要说实话啊。”“经复诊还是胃癌晚期，你这手术都不用做了，再做完全没任何意义，你的生命最多还有两个多月时间。”医生胳膊肘竖直搁在桌上，下巴压住用双手抱成的一个拳头上，表情凝重，一字一句向我严肃而遗憾地宣告着。“这，或许也是上天郑重地向我发出的死亡邀请吧。”我想。

两次诊断，同一种结果。两个多月时间，按 80 天计算，不到 2000 小时。也就是说，我的生命已经跟滴答作响的摆钟一样，正式进入倒计时，我将在明明白白的绝望中，等待停摆。

那时，我最先想到、想得最多的是那个曾经自己饿着肚子，还要上山为我摘野果充饥、下河摸鱼给我尝鲜、为生儿育女丢掉教师的工作、为妻儿老小受尽凌辱、舍去脸面东奔西走寄人篱下、去砖瓦厂卖苦力搬砖的老父亲。他曾说过:“上苍渡我来人间，脚踏黄土面对天。万物精灵人为首，尝遍苦辣酸甜咸。欲待百年功德满，乘鹤西行归仙班。期待乾坤轮回日，再回故土桃花源！”我的古稀老父亲啊！还有那个寒天地冻深更半夜、在煤油灯下、火窝旁为我烧土豆、手里缝补衣裳、嘴里教我唱儿歌、白天一有空就挎着篮子遍山野拗跑着剜野草野菜回家、凑合着让我们三餐度日的母亲……她不无哲理地告诉过我:“最苦的不是药，是内心的委屈。醉人的不是酒，是人。如果喝酒哭了，不是喝多了，而是委屈了无人诉说，只能默默地自己承受。”我的白发老母亲啊！是她、是她正护佑着我的爱女。还有，我重整旗鼓拥有了不菲的经济收入、名誉加身时，我再婚娶回的娇妻，她在我的病床前默默侍候左右数日，年纪轻轻的她在获悉我的病将是一条不归路时，又依然选择了默默离我而去。现实的残酷，残酷也更现实，让我进一步明白，只能同甘、不能共苦，人性的劣根，大抵如此。

强扭的瓜不甜，我是真心爱她的，不忍心拖累她，又无可奈何，同样默默选择了放手而为她祝福。我后悔过，干嘛还要第二次结婚呢？

其实结不结婚都会后悔，巷子里的猫很自由，却没有归宿，围墙里的狗有归宿，终身都得低着头。人生这道选题，怎么选，都会有遗憾。

遗憾，终究会伴其一生。我渐渐有点明白，上帝在玩什么游戏了，人生如一座庞大无比的幼儿园。早上，上帝把空间玩具和该给的给你，而到了傍晚，上帝又要把一切的一切收回，让你去体会得而复失的痛楚。对于绝大多数人来说，得而复失的痛楚，永远大于得到的快乐。

这就是死亡的痛苦。

我只不过是幼儿园中的一个早退者。

人生满打满算不过 36000 天，这是一个包容我们所有缺憾的符号。但没有缺憾的死亡，那是何等的境界，也绝非一般平凡之人可企及的高度。

那时，已是浑身酸痛骨瘦如柴的我，体重仅有 78 斤，并且还在徐徐下降。

我只想以另一种方式留下些烙印。与其在痛苦中僵尸般等死，不如自己给自己按下暂停键，白布一盖，黄土一埋，从此了无牵挂一了百了。

跨一步看一看黄泉路，过一趟奈何桥，看一眼彼岸花，喝一口忘川水，试一试断肠草，尝一尝孟婆汤，坐一回三生石……人间再美，下辈子也不来了。

死，无非是眼睛一睁一闭的事儿，说易极易，说难极难。第一次时间：2013 年深秋，地点；北京 301 医院，几十层高的大楼楼顶，我选择的是跳楼，但自杀未遂。为什么别人跳楼都是往前跑，纵身一跳就完事，而我却在关键时刻掉链子，两条腿居然挪不动脚步沉沉发软，像是有人在背后给死死拖住了一样，最后竟毫无意识地瘫坐在了原地。紧接着第二次，我干脆就在自己入住的病房割动脉自杀，刀片割下去，心跳快起来，距离大动脉还有 0.01 毫米时，不敢再割了，痛！那是挑战人性的绞心痛，一种心惊肉跳的切肤痛。一个连死都不怕的人，又何惧痛？痛，也得痛下杀手！在我略思量，正待再一刀切下去的时候，有人一把捏住了我早已血肉模糊的手腕。我抬眼看去，原来是悄然而至查房的护士，她正用一双忽闪忽闪的犀利眼睛逼视着我。

求死不能，欲罢不休。第三次：武汉长江大桥上，我是在武汉某知名医院，浑浑噩噩中按医生的方案，勉强做过一次化疗之后，带着解脱指向的目的性，来到大桥上的。我用自己瘦得像鸡爪般的死神之手，再次精心给自己编织了一张死都不服的网结——跳江。

2

“秋如火旆，一夜新霜，山川郁烈，万家玉黍。”

长江大桥上，但见忙碌的长江，冲过万千山峦，流过绵绵高原，继续淌过必经的千里平川。此刻，江水似乎感到了一丝疲倦，它没有往日的咆哮汹涌，正不慌不忙缓缓前进。一阵江风吹来，江面上泛起了小小涟漪，倒映在江里的青山随着水波轻轻晃动。长江，你黄昏的景色可真美。

看日月经天，江河行地，自然铁律一遍遍刷新人间的春去秋来，上演人间的荣枯景象。风雨似刀剑，岁月如铁帚，新叶催陈，落英缤纷，没有人知道一片青叶的斑斓故事。它染绿了一江清水，映翠了半个江山，滋润了人的心田，才被端视之、捧读之、品味之。它流经千里，雄姿卓越，刚柔并举，哺育华夏，它是伟大母亲的象征，因此，被推尊为源远流长华夏文明的母亲河。此生，我能投身死在母亲的怀抱，也不枉荣幸备至人间一趟。想到这儿，我竟然有一丝豪迈和洒脱，竟然体会到了一些关于高深人生的境界，不就是空和无吗？空着手来，空着手去。没有一丝牵挂，也不带走一片云彩，不说一些废话，那就是空和无了。

风已经有了冬天的味道，这冷冰冰的味道里，裹挟着一股肃杀之气。我再次又想到了父母双亲，我在心里祷告着：爹、妈，天冷了，我再给不了你们外套，也给不了拥抱，只能多说一句，天冷了，照顾好自己！

没有体验过在生死边缘徘徊的人，是无法领会“遗嘱”究竟为何物的。

死亡又分成几种，即没有遗嘱的死亡是快乐的，或者说是正常的；而有遗嘱的死亡，是有缺憾的，是痛苦的。遗嘱有多长，痛苦就有多长。遗嘱有多复杂，牵挂就有多复杂。当然，来不及写遗嘱的死亡，是最过于唐突过分的。而我对于遗嘱一事早已敲定，无非是关照一些具体事情，留给父母的养老费、给爱女的教育培育费用以及产业授权而已，告诉他们我的一些具体想法和安排。以免有一天，我的意愿会受到有些人的质疑，我不过是以文字的方式替他们做了些说明和解释。没有遗嘱的人生是洒脱的，也是简洁的，但我必须留下。

 梽尊名言：没有解决不了的问题和事情，只要不放弃，不在这一刻就在下一刻解决。

想想也对，遗嘱这东西，本来就是国外传给我们的。中国人向来简单，连皇帝也不过写一句：传位给某某子而已。老百姓大体也是一两句话的交代，或者是伸两个手指，指指房梁说这是爷爷那辈留下的老屋，或指责家人多用了一根灯草。德高望重是靠活着积累下的美德，靠遗嘱说明不了什么。再说，遗嘱不过是一个家庭的“宪法”，活着的时候尚有不肖子孙，你死了，又能如何？不宜高估了它的作用。遗嘱，实乃一纸文书，只有打官司时才会用上，相对于真正的感情，实际是废纸一张。我对自己来过这个世界很满意，我只想用一种长篇文书的遗嘱形式，把它们条理清晰、分门别类留给后人。让孙子的孙子，知道他们爷爷的爷爷，没有白来人间走一回。摸爬滚打，沉沉浮浮，不到 40 岁的年纪，却经历了 70 岁古稀人生坎坷的经历。没有把生活过成一团糟，相反，正义强悍，富于野心和抱负，在人生战场的激流中，是一个充满血性、有着雄才大略的一代枭雄。只是命运太过残酷，让我不得不过早地画上人生句号。

试想，没有遗嘱的人生，又该是多么的轻松啊！

只从获悉我患病以来，每天都会接到来自我事业上的合作伙伴、尊师、亲朋好友、遍及全国各地学员们逾百个问候电话。还有，病房内错落有致的各种礼品、鲜花，满满的温情。中国人传承千年的礼仪文化，倒让我感受到了诀别前的丝丝慰藉。但是，再没有哪一种疾病能比癌症更深刻地改变一个人的走向了：事业没了，为官的实质变成了虚位，经商者会发现伙伴们变得谨慎了。“机器”零件不好配，人走了，钱没花完。比如，浙江首富王均瑶、香港歌星梅艳芳。人们关心的焦点并不是为他们的死而悲伤，而是因他们留下的巨额财富而致互相厮杀、反目成仇、走上法庭。虽然，活着时他们可能会比过去待你更关心，就连父母亲人给你说话的语气腔调也是更加谨小慎微，他们大都会说:“没事，心放宽点，肯定会好。”

中国的癌症病人就是在这样的环境中生存，直到离去。都知道这是用来安慰的话，但这种环境对病人的康复显然没有太大帮助。试想，吃啥吐啥，喝啥吐啥，病魔的摧残，精神的挫败，意志力的丧失，加上目前中国并不超前、人性化的医疗，被笼罩在密云环境下，癌症病人高得惊人的复发率、死亡率有多大的影响。该来的总要来，该去的总要去，何必强留？也许，真诚的亲情、友情和尊重、放手才是真正的治愈。

慢慢地走，欣赏啊。

长江大桥上人来车往，尽管谁都不会去关注谁，但并不妨碍我独自静心去欣赏某个划过时空的片段。

我忽然觉得自己的故事其实很有说服力，虽然我曾抱怨过病魔来得突然，没给我足够的时间。但转念一想，说不定那种“足够说”刚刚好，或者是个骗局，我认真做了上天交予的事情，时间恰到好处，还可夹带点“私活”。

一生往事两杯茶，敬过红尘敬晚霞。欲在残年圆旧梦，有谁与我共天涯。人生能有几度秋，往事如烟付水流。斜阳已过难回首，途经西山无人留。

人，起始于娘胎，尘归于黄土，中间的过程就是人生，抛开一切，不过一副皮囊而已。赤条条来，赤条条去，无一物带走，你皆所得，才是真正拥有的。无论你怎么精心策划，都抵不过一场命运的安排！

我站立大桥的中心区段，仿佛一具穿越千年的木乃伊，又如一株经四时风干的枯树枝，面如死灰，神色恍惚，沉浸在自己最后一线的世界

栐尊名言：未来究竟怎么样，不是说我们预测未来、适应未来，而是想象一个未来，并去创造一个未来。

里凭栏眺望足足两个多小时后，支撑着自己完全虚脱的身体，使出四两拨千斤的道家哲学，正翻越桥栏要一跳了之。刚爬上护栏，不曾想，被一只大手拽住领口，老鹰捉小鸡般给拎了下来。

这时在长江大桥上往返巡逻的两个武警，我的反常行为早已进入他们的视线，并暗中监视很久了。只是我全然不知罢了。

他们中的其中一个说:“小伙子，这可是一条不归路呢，人除了死以外，其他的全都是擦伤。”

他们中的另一个又说：“小伙子，看你年纪轻轻，若没看错，像是条汉子，你连死都不怕，还有啥可怕的。”

我一时无语，抬眼望去，夜幕下，大江东去，一桥飞架南北，街灯灿若星河。

3

连同煤矿爆炸，前后四次自杀未遂，不得不让人去反思，去追问。

这是不是上天刻意设下的局，要一点点抽丝剥茧，折磨于我，还是上天对我的怜悯，派人来拯救于我，抑或是上天对我另有安排？我不得而知。

不管是哪种情况，既然死不成，那我就向天借下一条命，甩开膀子和死神搏上一搏，虽死无憾。哪怕多活一天、一小时，我得活出一束光来，哪怕像星星一样，只要能点缀夜空都行。

任何光彩、成功的背后，命运的境遇固然重要，而真正强大的是一颗曾经受伤而不被伤痛击垮的内心；一个有伤有痛，只独自对着墙壁流泪、转过身来又笑靥世间春风的男人，谁又能轻易毁掉他生命的精粹？

聪明一世糊涂一时。我忽然悔悟过来，其实，我这种行为是大错特错的愚蠢行为，甚至有些不可理喻。

而发现自己的错误，这就是开悟；改正自己的错误，这就是成就。你发现了所有的错误，这就是彻悟；改正了所有错误，这就是圆满。能过就是生活，能走就是道路，莫嫌路颠簸，世界本曲折。这又是多么通透的开悟呀。

第二天清晨，我掀开窗帘，病房外，扑面而来的又是一片艳阳新天。

其实真正压垮一个男人的，从来都不是身体的劳累或者说是物质的困顿，而是当所有人都在依靠他的时候，他却没有一个可以依靠的人。面对残酷的现实，三番五次和死神较量，又苟延残喘活了下来，一下子让我释怀了不少。活着，除了坚强，别无选择。何所畏？何所惧？ 初来不知人间苦，回头已是苦中人；曾经的天真，现在的沉默，从懵懂无知到满腹心事，同是红尘悲伤客，莫笑谁是可怜人！

这天，我决定到黄鹤楼一游。其次，我是想找常年盘踞在这儿的算命先生给我占上一卦，算算我命运几何。虽然我一直以来，并不相信算命之说，人事有定数，因果有轮回。为什么有了这种突兀的想法，其实，连我自己都说不清，多半也是侥幸的心理，人性的一种“本能”和“欲望”吧。

算命或起于先秦，当古埃及人用纸草记事、古巴比伦人以泥板为书时，中国的古人劈竹成篾，削薄打磨、火烤编连，将最鲜活的史实书于竹简，传遗后世。算命先生是一种给人算命的职业称谓，算命是民间的俗称，学术上的专业称谓叫周易预测，研究算命的学术叫易学、也叫术数。是一种利用个人切身资讯，例如脸与手的纹路、出生八字、姓名笔画等配合术数来预测或判断命运吉凶福祸并且寻求指点迷津的行为亦称指迷算命。理论核心是阴阳五行天干地支及八卦易经，理论系统较为复杂深奥。狭义的算命即是对人生辰八字的预测，广义的算命则包含紫微斗数、面相手相、八卦六爻、奇门遁甲、地理风水等。古代的占卜、筮法，均属于算命。算命，中国预测的历史源远流长，其起源有据可靠可追溯到最高的伏羲氏，之后周文王演八卦，则算命开始逐步得以完善。其实，祖先留下的《周易》是一部宝典，类似基因密码。但这只是如同宗教信仰一样，不强迫别人相信，也不拿来骗钱。至于街头上、寺庙前有人打着《周易》幌子的看相，而往往根本就不懂周易八卦，只凭三寸不烂之舌骗人钱财，让真正用神圣心态研究《周易》的人都觉蒙羞。但自从 1992 年王祥国编著的《人体生物节律学》面世，大大提高了易学的技术，让不少专业工作者受益。

我入住的医院距离黄鹤楼不远，我是一路从林荫树下踩着方块地砖，用大约 30 分钟时间，慢逍遥边走边看、步行而去的。

黄鹤楼位于湖北省武汉市长江南岸的武昌蛇山之巅，濒临万里长江，是国家 5A 级旅游景区，“江南三大名楼”之一，自古享有“天下江山第一楼”和“天下绝景”之称。黄鹤楼也是武汉市标志性建筑，与晴川阁、古琴台并称“武汉三大名胜”。黄鹤楼始建于三国时期的 223 年，三国时期该楼只是夏口城一角瞭望的“军事楼”，晋灭东吴以后，三国归于一统，该楼在失去其军事价值后，随着江夏城的发展，逐步演变成为官商行旅“游必于是”“宴必于是”的观赏楼。好一个“游必于是”“宴必于是”，我和三五成群衣着休闲或裹着风衣的游人擦身而过，听着京广线铁路的列车从此呼啸远去，抬眼望着“军事楼”，很容易就遐想起三国古战场百万雄兵惊涛拍岸、乱石穿空、杀声四起、驰骋纵横、浪花淘尽英雄的梦幻场景。我不禁在心里吟诵起了当年上小学时就背得滚瓜烂熟的唐代诗人崔颢在此题下的《黄鹤楼》千古名句："昔人已乘黄鹤去，此地空余黄鹤楼。黄鹤一去不复返，白云千载空悠悠。晴川历历汉阳树，芳草萋萋鹦鹉洲。日暮乡关何处是，烟波江上使人愁。"如今，这里早已隐匿了刀光剑影，远去了鼓角争鸣，湮没了黄尘古道，崛起了烽火边城，眼前飞扬着一个个鲜活的面容，好一排熙熙攘攘的繁华盛世，歌舞升平。

我径直走到写着"看相算命"的八卦一隅，望着几个清一色戴有墨镜的相面先生，我不加思索站在了一个没戴墨镜、毫不掩饰、鹤发童颜、胡须长飘、慈眉善目的老者面前，屈膝、蹲下，你来、我往，四目对望，仿佛我们彼此都心领神会尽在不言之中。这样的人，姑且不说他道行有多深，看相准不准，虔诚与否，你不可置疑的是，他绝对阅人无数，能通过行为举止察言观色，把每一个前来算命人的心理，揣摩出个八九不离十。我问："大师，给看看我还能活多久？"我的话直截了当，也许在老者看来，一般算命打卦的人敢开门见山这样问，想必，一定是超出了普通人认知的。那么，此人一定是来者不善、善者不来。他不慌不忙在问我出生年月生辰八字的同时，一双锐利的眼睛盯住我的五官面孔看了有几十秒。然后，我按他的意图，就随意抽了一卦，双手递给老者。许久，又扯平我的手掌看了又看，嘴里不停嗯、哦、哦哦。大约是凭借我深陷的眼窝、死鱼般无神的眼光、皮包骨头的脸庞、蜡黄的气色、堆积假笑中藏匿着的满腹苦衷，直觉已经告诉了他。他轻轻捋一下垂在下巴一拃多长的白胡子，用静如秋水的语气说："小伙子啊，你要活到 83 岁，83 岁之前你死不了啊，你想死都死不了啊！"

相由心生，我可以肯定，老者是个善念之人，他一定拥有自身足够的修为，站如松，坐如钟，和仙风道骨之人相差无几。尤其，他印堂两边自然延伸出去略长、油亮发白的白眉，仿佛月初星夜挂在天际那轮冉冉升起的一弯月牙，有种莫名的神圣感，毫不掩饰会直接牵引着世人的眼光。他的话，余味绵绵，似乎胸有成竹。在老家有一句话叫："算命打卦，一溜子白话。"真真假假，假假真真，其实是无法佐证，也难保他看准了，为了投其所好，或者说他为了给予我生活的勇气，说的是一种善意的谎言，故意把"38"颠倒成了"83"不是没有可能。算命大师们，无一例外都是抓住抽签算卦人的软肋，哪儿痒往哪儿抓，牵着人的鼻子走，从挖掘人性的角度出发人云亦云肆无忌惮，信口雌黄，颠倒黑白，用瞎蒙、套话、解灾，再就是八大技巧：排行老几、父母健在、子女个数、夫妇情况、测算官运，等等，把你的命运要么使劲往好了说。谁不想升官发财，谁不想攀龙附凤，谁不想健康平安长命百岁，谁又不想听到阿谀奉承的美言呢？当说得你心花怒放忘乎所以的时候，料你没理由不把大把的钱甩在他面前，这是其一。其二，他们会通常通过和"客人"的交流锁定目标，采用"恐吓"的方式，表情凝重，口吐莲花，照本宣科搬出他们惯用的伎俩，一本正经胡说八道："你某年某月某日某个时辰某个地点会有凶灾，逃不脱，躲不掉……"而且，这是天塌地陷的灭顶之灾。生，是人性的本能，谁听到这种将要降临在自己头上的灾难不心惊肉跳、不失魂落魄呢？继而很自然地会诚惶诚恐追问一句，"大师，有没有解法？"对方立即会装出一副城府老道的老江湖样子，慢条斯理说："有！"接着就话锋一转："不过，需要破财方能免灾……""客家"乖乖就范，按算命先生开出的免灾丰厚条件达成一致后，算命先生便一番天机不可泄露的神秘操作后，宣告你将逢凶化吉。“客家”也会为自己遇见贵人、能守得云开见月明而俯首称臣千恩万谢。有学问的临走还不忘撂下一句文质彬彬的“人生虽有离别日，山水应有相逢时”。

相较于比我父亲还年长的那位看相前辈，我丝毫没看出他有任何阴损奸诈之恶，不是我眼拙。倒是他给了我一种向善、向上、向生、向真的理念和底气。为什么？源自他一样看穿了我的难言之隐，说：“小伙子，世上疾病三千疾，唯有心病最难医。别贪心，你不可能什么都拥有。别灰心，你不可能什么都没有。渡人是能力，自渡才是智慧。”结怨不如结缘，那算命老者分明就是在渡人。我说：“大师，我似曾感觉咱俩有缘分，是冥冥之中注定的有眼缘，有心缘，有善缘。”“可不是吗，众生之众生者，业力所致；再又众生者，亦是业力所致。大千世界，人海茫茫，一生一世，你和任何一个不曾相识的哪怕谋一面，说一句话，甚至擦肩而过，回眸一笑一次，这都是前世修来的缘。所以，我们得珍惜啊。”他把“珍惜”二字格外加重了语气。接着又说：“人这一辈子啊，都经历过酸甜苦辣，但你一定要把心放宽，好好善待自己。除了健康，什么都不是你的，少计较、多开心。输了健康，赢了世界又如何？”

老者接下来出口成章，娓娓道来，给我诠释了庄子：“等风来、借风势、乘风起”道家学派的哲学庄学。其中“等风来”大致是这样说的：

庄子说：“风之积也不厚，则其负大翼也无力。”

如果风不够大，大鹏也很难飞起来。大鹏的翅膀不知道有几千里，这样的庞然大物，却依然选择乘着六月的大风离开北海。而在此之前，大鹏选择默默蛰伏，静待风来。

尼采讲：谁终将声震人间，必长久深自缄默。任何人成就大事之前，必有相当长时间的自我积淀。左宗棠年轻的时候屡试不第，考了很多次进士，依然榜上无名。但他并不气馁，转而去长沙岳麓书院深造。“意农事，遍读群书，钻研舆地、兵法。”接近二十年的时间里，左宗棠默默读书，默默积累，提高自己的能力。后来太平天国围困长沙，湖南巡抚上门求教退敌解围之法。左宗棠小试牛刀，轻松解决长沙困局。而后十余年，他从一个乡下教书先生，官至东阁大学士，成晚清柱石，和曾国藩平起平坐。

庄子说：“适莽苍者，三餐而反，腹犹果然；适百里者，宿舂粮；适千里者，三月聚粮。”要去近郊的人，吃饱饭往返，回来时肚子仍是饱的；到百里外的人，要用一整夜时间舂米准备干粮；到千里外的人，要准备三个月的粮食。一个人的积累越是丰厚，将来走得也就越远。

世间所有的开挂，说到底都是厚积薄发。

唐代诗人高适幼时家贫，二十岁进京赶考，屡试不第。别人都劝他不必再坚持了，他却始终不曾放弃。“渔樵十二年，种瓜漆园里，凿井卢门边。”躬耕苦读的日子，他一过就是十几年。有时候，甚至需要邻居帮衬才能度过荒年。再次出山考试，再次落榜，他又不得不继续回乡，躬耕苦读。在以后的岁月里，他读诗书，读兵法，文武兼修。一直等到五十岁，安史之乱爆发，高适终于等到机会，走上战场，屡立战功，得到朝廷赏识。此后十年，高适一路开挂，从一个乡野诗人，到执掌剑南，加封渤海县侯，位极人臣。而他的边塞诗与王昌龄并称，诗名直追“李杜”。接近三十年的不顺，三十年的苦熬，他还是等到了那个一飞冲天的机会。所有的努力，所有的汗水，终究有了回报。

杜牧有诗云：莫为霜台愁岁暮，潜龙须待一声雷。

下坡走马，顺风使船。人生很多时候不必太过焦虑，在风起之前，默默深耕，积攒实力，就是最好的策略。有了满腹才，不怕运不来。等到一声惊雷起的时候，你自然可以乘风而上。

关于人，活着究竟是为了什么？古来这是一个庞大而有争议的话题。每个人的立场角度不同，追求的意义目的也有所不同。所以，得出的答案也就不尽相同。活着，幸福，是所有人都渴望的，但芸芸众生之中，又有几人能一辈子百分百称心如愿呢？归纳起来，不过三句话：

第一句：得失随缘，人生有得必有失。有得到，就一定会有失去。大得大失，小得小失。所有的东西都是等价的交换，从没有例外。

很多人都梦想着中彩票，而实际上中了大奖之后的人生，并不是那么美好。西方人曾经做过一个社会调查，他们花十年时间追踪了十几位超级大奖得主。他们本来是工薪阶层，在得到巨款之后，生活却越来越糟。挥霍无度，亲戚借债，离婚分居，举家搬迁。绝大部分人因为无法很好地安置这笔金钱，而滑向深渊。

茨威格曾说：命运的所有礼物，都在暗中标好了价格。世界上的东西都有好坏两个方面。惊喜越大，悲伤就越大，悲伤越大，惊喜可能越多。所以真正有智慧的人明白：得不足喜，失不足悲。面对人生的何种境遇，他们都能得失随缘，心无增减。

第二句：知足常乐，人心有限，欲望无穷。一个人有了金子还想要玉石，有了公爵还想着侯爵。这样的索取迟早会超出自己的能力，超出自己的福报，招惹祸患。

明代江西宁王，天潢贵胄，富可敌国。放着富贵王爷不当，非要再进一步当皇帝。叛乱之后，四十三天被王阳明平定，落得一个被擒斩首的下场。明朝内阁首辅严嵩权倾朝野。严嵩卖官鬻爵，严世藩把持工部，聚敛的财富，远远超过国库。每逢寿诞，满朝文武前来道贺。道贺的礼物堆成小山一样。结果最后严世藩腰斩于市，严嵩罢职抄家，寄食于墓舍，两年后病死，死后甚至没有棺木下葬。“甚爱必大废”，太多的欲望早晚招致祸患。

老子说：“知足者富”。知道满足的人，才是富有的人。大千世界，万种诱惑，什么都想要，会把人累死，该放下就得放下。温饱无虑就是幸事，无病无灾就是福泽。人生，没有不幸福，只有不知足。

第三句：做人的最高境界，是难得糊涂。有些事看得太真切，就没了动力；有些人看得太透彻，就没了期待。看透不说透，有理不辩理，何尝不是一种修行。

读过一则故事。有两个人吵了一天架，一人说 3×8=24，另一个人说 3×8=21，相争不下告到县衙。县官听罢说：“把三八二十四的那个人拖出去仗打二十大板！”二十四的人就不满：“明明是他蠢，为何打我？”县官答：“跟三八二十一的人能吵上一天，还说你不蠢？不打你打谁？”难得糊涂，不争、不吵、不计较，是人生一大境界。

郑板桥说：“聪明难，糊涂难，由聪明转入糊涂更难。”人不能太聪明，太清醒，有时候要懂得装糊涂。半聋半哑半糊涂，半醒半醉半神仙。

那么，人为什么会生病，生病的原因是什么呢？病了之后为什么一定要死？是因为人病了，一躺进医院就得死，就必须等死，说明什么？古有“宁愿架上药生尘，不愿世间有病人。”难道当今真如人们所说，“进了医院，有钱的交钱，没钱的交命？”非也！人一旦被病魔缠身，首先是他的思想已经被掏空了，他已经把所有的梦想理念转化成了万般哀怨，和病魔一道集于全身了，终日愁眉苦脸，悲悲戚戚，不死才怪。说到底，是完全丧失了和病魔抗衡的勇气，这是心态使然。

此后，很快，我按算命老者的指点，索性背负癌症强加于身的沉重枷锁，挎上行囊，千里迢迢，走进了广西巴马。

他说：“人存善念，天必佑之。那儿有绝世的山，有神奇的水。那儿是全国最为著名的长寿之乡，那儿有成群结队的百岁老人在修身养性。语言到不了的地方，音乐可以抵达，灵魂达不到的地方，音乐照样能抵达，好的音乐能治愈百病，没事时，多听听。”

4

巴马之行，粲然了我生命的油彩。

世上所有的惊喜和好运，都是你积累的温柔和善良。把身体照顾好，把自己的事情做好，把重要的人待好，你要的一切都在路上。

我风尘仆仆到达广西瑶族自治县甲篆乡平安村巴盘屯，住进了租下的当地民房，这就是全国最著名的巴马长寿村。房主提供有一应俱全的锅碗瓢铲，生活物资就地取材，大都是当地农户出产的土特产：青菜、萝卜、南瓜、玉米等，纯散养土鸡子、土鸡蛋，伸手即来的水是取自流经亿年号称为水晶宫、百魔洞的山泉。承天地之合，囊万物之灵，荻花飞逸，寒凝露重，峥嵘岁月，一切都是那么坦荡自然。因为时令的凝结，将这里一切变得看上去更加珠圆玉润，也因为季节的转换，让这儿所到之处平添了几分晶莹寒凉。绽放的菊花团团簇簇，在初冬的时光中铺就绚丽的锦缎，燃烧的油彩，在山野重重叠叠滚动翻涌，描摹出醉人的图腾，江山深处，处处有壮美的风景、励志的光彩、开拓襟怀的磅礴境界。

入乡随俗，客随主便。道阻且长，行则将至。所愿，所不愿，不如心甘情愿。所得，所不得，不如心安理得。

巴马长寿村，地处桂西北山区的巴马瑶族自治县。经过了解，这儿自古以来，生命超过百岁的老人比比皆是。这是一个令人神往、神奇而美丽的地方，人称长寿之乡。甲篆乡平安村巴马屯是巴马久负盛名的长寿村。全屯 500 多人，现有百岁老人多达 7 人，巴马人的平均寿命在 80 岁以上，是国际上“世界长寿之乡”标准的近 200 倍。

在巴马，空气的负氧离子很高，著名的水晶宫、百魔洞和百鸟岩等处，每立方厘米的负氧离子竟高达 20000 ～ 50000 个。盘阳河两岸达 3000 个以上，县城城区的负氧离子也高达 2000 个以上。负氧离子被称为“空气中的“维生素”和“长寿素”。它能改善肺的换气功能，增强肺活量，起到止咳、平喘、祛痰的作用；它能够改善和调节神经系统和大脑的功能状态，调节抑制兴奋过程，起镇定安眠、稳定情绪的作用；它能够促进人体的生物氧化和新陈代谢，能改善心肌功能；适量的负离子对许多老年人的常见病、多发病具有预防和治疗作用。巴马的瀑布并不多，但森林覆盖率却高达 57%，再加上巴马地区的大气受紫外线、宇宙射线、放射性物质、雷雨、风暴、土壤和空气等因素的影响，产生电离而释放出的电子，很快又和空气中的中性分子结合而形成负氧离子。又由于巴马地区磁场高，是雷击的重击区，最易产生负氧离子。因此，我亲眼所见来自全国各地的众多中老年朋友，每天都络绎不绝前往巴马的百魔洞里来“吸氧”，在山泉中尽情享受仙人沐浴。在青春与衰老之间，在繁华与落没之间，人们都是怀揣一颗平常而坚韧的心，托举一颗通透而镇静的心，让淤积的沧桑在此焕发生机的。

水在五行中对应是水。巴马泉水是地下水和富含矿物质的山泉水，又称小分子水。可以说，水是巴马的最突出亮点。听当地人说，巴马泉水，你从山洞里打出来，即使放上一年，水照样如甘清新不变质。

巴马泉水早在数亿年的喀斯特地层中就已经形成。它创造了四次进入地下潜行、又四次流出地表的自然奇观，独特的流程使之富含各种有益于人体、皮肤健康的矿物质和微量元素，其钙离子达到 40 ～ 80 毫克 / 升。对肌肤具有舒缓、镇静作用，并缓解肌肤泛红、紧绷、干燥、灼热等敏感状况。同时受 0.45 ～ 0.5 高斯的强地磁影响，水分子被切割成仅为 0.5 纳米的小分子结构，一接触皮肤就迅速渗入皮肤表层，直达有棘层和基底层。1999—2006 年国际自然医学会通过 7 年的研究表明巴马水珍稀的天然小分子团水，能够进入细胞核和 DNA，活化细胞酶组织，激发生命活力。人长期饮用巴马寿珍泉，对身体具有显著的增强体质、延缓衰老的作用，是世界罕见的健康之水、生命之水。

故此，巴马的百岁长寿老人比例位居世界之首。巴马泉水有以下四个显著特点：(1) 天然弱碱性水 pH 一般在 7.2 ～ 8.5 之间。人体的 pH 为 7.35 ～ 7.45，巴马寿珍泉与人体 pH 不谋而合；(2) 富含丰富矿物质和微量元素；(3) 氧化还原电位低，巴马寿珍泉氧化还原电位（ORP）为 100 ～ 160，仅是自来水氧化还原电位的 2/5；(4) 纯天然小分子团，中科院院士姚鼎山教授测得巴马水小分子团指标为 64 ～ 83Hz，极易进入人体细胞膜被人体吸收。①具有养肤生肌祛除胃炎之功效；②化解肾胆结石；③参加和改善生化作用，增强酶的活性，降血脂、降血压，使心脑动脉粥样硬化症减轻或消失；④空腹饮用极易吸收，进入血液后，能很快使凝聚成团的红细胞分散开，降低血黏度，促进微循环，减轻或消除心闷、心痛、腿软、气短乏力、头痛、头胀、头晕、失眠、四肢发凉、肢体麻木、耳鸣、视物模糊等症状。用巴马的水泡茶，可以泡出真正的茶味来。不少妙龄少女把巴马水作为柔肤水，长期使用肌肤有光泽。糖尿病患者在巴马，每天喝四升水，坚持三个月，血糖恢复正常，这就是小分子水的作用。

地磁对应金，是五行之首，万物之源。为什么巴马地磁比其他地方高呢？这是因为巴马有一条断裂带，直接切过地球地幔层。这条断裂带就在盘阳河地下，断裂带把巴马一分为二（即西山、凤凰、东山三个乡为石山地区，其余七个乡镇是土坡丘陵地区），地球的一般地区地磁约在0.25 高斯，而巴马的地磁高达 0.58 高斯，是一般地区的一倍多。有科学考证：人们生活在恰当的地磁场环境中，身体发育好，血清清洁且循环好，心脑血管发病率低，身体免疫力高，能协调脑电磁波，提高人的睡眠质量。外地来巴马旅居的朋友，会感觉到在巴马睡眠很好，这就是高地磁作用的原因。阳光在五行中对应是火。阳光就是太阳光线。到达地球表面的光线分为紫外线、可视光线、远红外线。紫外线对人体最有害，简称 UV。在五行中，金与火相克，在高磁场（金）的反作用下，把有害的紫外线（火）反射回去，保留了远红外线。巴马在高磁场的作用下，不仅平均日照时间 5 小时，而且 80% 以上是被誉为“生命之光”的 4 ～ 14 微米波长的远红外线。在烈日下，也不会感觉毒辣。远红外线不仅能激活水，更能不断地激活人体组织细胞，增强人体新陈代谢，改善微循环，提高人体免疫力。

食物在五行中对应是土。巴马的土壤有丰富优质的双歧杆菌和乳酸杆菌。专家公认，全世界最纯正、最原始的乳酸菌在巴马。20 世纪 90

年代日本专家到巴马，从百岁老人的肠胃液里提取了乳酸杆菌，回国后进行培养用于乳酸奶。另外，巴马的土壤中含锰和锌很高，是其他地区的几十倍。在巴马百岁老人头发中，发现锰的含量是其他地区老人的10倍。世界卫生组织认为：①锰对于血管有保护作用；②是人体多种酶的激活剂；③对血糖血脂血压均有影响，同时锰有助于提高SOD（抗衰老），消除自由基的功能，起到延年益寿的作用。锌被誉为“生命之火花”，它与人体80多种酶的活性有关，是维持机体正常代谢所必需的元素。巴马土壤中含锰和锌都很高，农作物通过吸收土壤里的锰和锌，储藏在茎叶或果实里，人又通过食物吸收而进入人体。因此，巴马的百岁老人很少有心脏病和脑血栓，绝大多数都是无疾而终。

巴马火麻仁富含不饱和脂肪酸、蛋白质、卵磷脂、油酸、亚麻酸、亚纳酸等，其脂肪酸中含亚油酸和亚麻酸共达76.4%，是常见食用植物油中不饱和脂肪含量的最高者之一。巴马火麻是经实践证明的非常有效的抗衰老和抗辐射植物，含有丰富的植物蛋白、卵磷脂，以及延缓衰老的维生素E、硒、锌、锰、锗、钙、铁等人体必需的微量元素。复活草学名卷柏，又名万年青、长生草，是一种多年生直立草本蕨类植物。复活草是一种生存在干燥的岩石缝隙中或荒石坡上抑或是极度干燥、恶劣环境下的长生植物，它从远古时代就已存在，仅仅只分布于中国少部分地区。复活草拥有神奇的复活能力，在丧失自身高达98%水分的情况下仍能生存数十年，复活草体内蕴含丰富的糖基海藻糖，会发挥强大的锁水保湿功能，“贪婪”地抓住每一滴水，然后再将蕴含生命活力的水畅顺自如地导入体内每一个细胞中，并锁住相当于细胞自身重量460倍的水分，“起死回生”般地重新伸展枝叶，就能快速恢复生机盎然的绿色生命。因此复活草具备其他植物无可比拟的活水和锁水力。

巴马藤茶是生长在巴马深山的一种藤类植物，含有丰富的硒以及皂甙等微量元素，可摊凉晒干后煮水，润肺护肝效果明显。制成茶叶形态，“不像茶，胜似茶”，是一种野生甜茶，因含有甜茶素（不含糖）口感独特，入口顺滑，回甘明显。对肝脏、咽喉有着明显的改善作用。

在巴马流传着这样的民谣，火麻茶油将菜炒，素食为主锌锰高；地下河水元素多，空气清新人不老；晚婚晚育勤劳动，常享桃李野葡萄；知足常乐心清净……

广西巴马长寿与地理、气候、环境有密切的关系，更与和谐的社会环境、长寿老人良好的生活方式、合理的膳食结构有关。石市长寿老人的膳食结构基本上是“四低一高”：低盐、低糖、低脂肪、低动物蛋白、高纤维。他们吃的是自己种的无污染蔬菜和粗粮，主食是玉米、大米，并配以野菜、红薯等，只吃少量肉。

5

钱永远挣不完，命却是有限的，拼命可以挣钱，挣钱却不能挣命，钱多钱少，够花就好。得意的时候不要忘形，因为往往福祸相依！失意的时候也不要惆怅，因为往往苦尽甘来。

在网上看到一句话：健康赛过人民币，快乐胜过当皇帝；莫问世上谁服气，无病无灾排第一。看似略带调侃，细想，入木三分。

天空收容每一片云彩，不论其美丑，所以天空宽阔无边。大地拥抱每一寸土地，不论其贫富，所以大地广袤无垠。海洋接纳每一条河流，不论其大小，所以海洋广阔无边。或许是巴马圣山的长风、九霄玄天的飞鸟，从太虚、从龙宫送来人间的巴马火麻、巴马藤茶神奇的种子，合着巴马百魔洞圣水滋养众生，让我有了以柔克刚的神圣和坚强。看惯了多少袈裟青衣，从我眼前影子一样飘过，多少云手拂尘，从我眼前雾霾一样散去，将一曲“沧海龙吟”弹抚得山高水长。

自从住进巴马，喝了巴马盘阳河洞口百磨洞的水，我竟然没有吐出来，一来二去我胃部刺痛的感觉慢慢没了，痛风没了，三高没了。同时，我给自己立下了一条颠扑不破的硬性死规，无论天晴下雨，每天坚持跑步半小时，做俯卧撑从之前的 10 个、20 个，到 50 个，再到 80 个。我当成一门必修功课来强迫自己练习，非做不可，我咬牙为自己树立了一个信念：今天的努力，就是明天的成功。守得云开见月明，静待花开总有时。在巴马一住就是三个月，三个月时间奇迹出现了。我不仅没死，还心如止水地活着，精神状态也一天天明显如久旱甘霖。那是从骨子里喷涌而出的蓬勃茂盛。为感谢广西巴马，我用了一千年的缘分来等。毕生，我将为巴马，不，是人类！来一次翠绿与金黄的燃烧。我用阳光、露珠与冷霜，来提炼我千万片叶子的精华品质，再去与一座圣殿顶端的光辉相映。我将月光与旭日，捧到神坛的边缘。当历史的烟雾从墙垣的缝隙里飘升起来的时候，我就是朱雀在云朵上无声地歌唱。三个月呀，我不仅没死，我的体重还直接飙升了 12 斤，从岌岌可危时的 78 斤增加到了 90 斤，幸哉，乐哉！那次，我居然无法抑制地喜极而泣了。谁会没事就哭呢，人在高兴时会哭，难过时会哭，也在委屈、崩溃时哭。眼泪这个东西好奇怪，疼的时候可以忍住，可偏偏过分难过时，过于兴奋时，怎么忍也忍不住。我每月除定时化疗一次外，一日三餐吃巴马当地玉米糊，喝巴马火麻汤，饮百魔洞水，细思量，这本身就是来自天然、人体必需的养生法宝啊。寻寻觅觅，我终于有所顿悟。一段时间的联络周旋后，我带上巴马百魔洞的水、神奇复活草巴马火麻样本，辗转千里跑到浙江中科院，找到了致力研究水分子的一些专家和高级养生教授，针对巴马人长寿基因秘籍进行探源追寻。到底这个地方的水跟我们人体组织所需有什么关系？食用这些我为什么会得到未来？所以呢，经过长达半年的研究发现，原来，我平时生活跟饮用水有直接关系。我在不知不觉中，有了长达九年喝纯净水的习惯，不知不觉中，也导致了癌魔的侵袭病变。为什么？简单说，略有常识的人都知道，纯净水经过多层过滤消杀提纯，尽管没有了重金属和有机污染，但它同时一网打尽滤掉了水分子里人体所需的多种矿物质及活性微量元素。长期饮用，势必导致身体呈过度酸性，它不仅会导致人体所需大量元素的缺失，还会掏空人体原有的活性修复调和剂。而这种来自体内日复一日的酸性堆积，扰乱了五脏六腑互为调节、正常发挥的规律，就是催生人体的百病之源。

荀子“水则载舟，水则覆舟”是一个汉语成语，出自《荀子·王制》:“传曰:‘君者舟也，庶人者水也，水则载舟，水则覆舟。’此之谓也。”水能载舟，亦能覆舟是说统治者如船，老百姓如水，水既能让船安稳地航行，也能将船推翻吞没，沉于水中。表示事物用之得当则有利，反之必有弊害。水，可以有许多种意象。当进入人们的日常生活，尤其是人类情感生活，高兴有水，失意亦有水。水与漂泊有关，水与哀伤幽怨有关。水，既可以是一种生命的象征，也是一种激情和力量的象征。它冲刷掉了多少奇峰利石刀枪不入的锐气，靠的就是一种刚柔并举的毅力。水，又是万物之源，论功勋当得颂辞千篇，丰碑万座。可它却偏偏保持了一种极平常之态，不张不扬。和其光同其尘，哪儿低往哪儿流，哪儿洼往哪儿聚，甚至越深邃越安静。此等低调和达观是一种个体的“无为”。

水以柔克刚。孔子深刻体察过寄情山水者的不同文化心态，指出：“智者乐水，仁者乐山。”老子作为乐水的智者，从自然水性中体悟到了充满智慧的处世之方。水首先是一种柔弱之物，它不逞坚强，但长久的韧性却使它具有滴水穿石之效，坚强的石头反为柔弱的水所战胜。老子由此认定：“天下莫柔弱于水，而攻坚强者莫之能胜。”并提出了柔弱胜刚强的贵柔论。老子进一步将这种观点提升到人生的高度，指出：“坚强者，死之徒；柔弱者，生之徒”，将坚守柔弱视为人们谋取生存的有效方式。主张柔弱处世的老子，始终认为“柔之胜刚，弱之胜强，天下莫不知”。他的贵柔守弱，本质上是一种乐观、豁达、蔑视强大而不失自信的处世理念。水追求下位而安于卑贱，不与物争，所以不会引起纷争和失败；同时又善待万物，促成万物生长，因而深得众物喜爱。老子由此悟出了一条重要的处世原则：要谦卑、要忍让，要善处下位，尽量助益他人，以消弭纷争，避免失败，赢得人心。

他认为“上善若水”，最好的处世方法是像水一样，善利万物而不争；正因为不争，故而没有失败之忧，并能使人们乐于推戴。老子从善利万物的水性引申出了宽厚的为人之道，他主张：“善者，吾善之；不善者，吾亦善之，德善矣！”即对那些与自己友好的和不友好的人，都以善意对待，以此成就德性和功业。这就是水般的处世方式。老子按照效法自然的思路，将他的处世原则作了概括：“吾有三宝，宝而持之。一曰慈，二曰俭，三曰不敢为天下先。”在他看来，人生的路途艰难崎岖，世事难料，但一个人只要持有如水那样慈善利物、俭朴单纯、守弱不争的三件法宝，就一定能柔而制胜，体会到人生的达观和舒美。

常枞是老子的老师，远古时期，他们依汉江而居相邻而处，他们将影子眠入大地，坦然轮回在岁月之中。当常枞年老体衰渐临死亡的时候，老子和他那些学生啊，都在旁边围着常枞，然后常枞就问老子说，老子，我问你一个问题，你说牙齿跟舌头谁更刚强？”老子说：“那肯定是牙齿更厉害，是不是？”常枞先生就叹了一口气说：“来，你过来看看。”常枞把嘴一张开，老子瞬间大哭起来，原来，常枞老师的牙齿早已脱落无一，而他的舌头不是还完好无缺吗？老子霎时明白了以柔克刚的神圣道理。常枞语重心长地说：“未来你将以水为死。”

6

水，是最不该被遗忘的人体第一大刚需要素。禅语曰 :“善心如水”。水利万象万物 ,“善心”备焉。水，以一种流动性态存在，是物种起源的摇篮，却又是如此简单平凡。水，又是最不该被遗忘的人体第一大必须要素。

蛋白质、维生素……是人们常挂在嘴边的营养素，可鲜为人知的是，水在人体七大必需营养素中高居首位，因此，健康饮水是每个人每天，甚至一生最重要的事。著名医学保健专家戴光强建议市民，健康饮水应把握“关键”时间段，“尤其是早上起床后、饭前半小时、晚上睡觉前和洗澡前后，应适量‘补水’”。

科学研究发现，正常生命体征的人体含水量约 70%，血液里含水量约 80%，在母体内的新生胎儿含水量甚至高达 97%。换言之，我们的身体 2/3 的部分是水，皮肤的呼吸、血液的循环、细胞的活力……人的一切生命活动，都离不开水。俗语云：“药补不如食补，食补不如水补”。

可见，水对于人体的重要性。水是人类赖以生存七大营养素之一，水中的矿物质和微量元素对人体健康至关重要。北京化工大学生命动力和水资源研究中心金日光教授指出：“水对于生命的起源及在生命延续过程中起着相当重要的作用，从这个意义上讲，我们不能说水就是用来解渴的，水的深远意义在于维持人类健康、延续生命。”水除了是生命体主要组成部分外，还参与人体新陈代谢的全过程。是体内营养物质运输和代谢废物排出的唯一载体。还是人体所需的七大类营养素之首，又是多种微量元素的重要来源。

喝水这事，最容易被忽视。戴光强表示，日常生活中，人们会格外注重其他几大营养素的摄入，却容易忽略水。“在人体所有器官中，大脑是含水最多的器官，达到 80% 以上。”戴光强说，有研究表明，大脑的含水量一旦降低，人便会出现头疼、注意力不集中、头晕、记忆力下降、思维混乱等“连锁反应”，“因此，缺水是导致人‘犯糊涂’的一大原因，如何避免缺水呢，那就要多喝水。”

生活中，不少人总是等到口渴再喝水，“身体缺水后先是‘反映’给大脑，然后‘反映’给嗓子，人从而意识到要喝水，这便是‘口渴反应’。”戴光强提醒，等到出现“口渴反应”再喝水，其实已经迟了，特别是中老年人群，“随着年龄增加，人的‘口渴反应’越来越迟钝，因此等到口渴再喝水便迟了，如果总是等到口渴再喝水，长此以往，身体便处于‘慢性缺水’状态，将大大影响身体健康，因此要养成主动喝水的习惯。”

水是人体器官的保护伞。

水对肠胃有保护作用。说到肠道毒素，就是生活中一些不良习惯，如吃夜宵、晚睡、饮食不规律，使这些毒素无法排出体内，导致堆积在

 | 梽尊名言：每个人的人生境遇不同，选择生存的方式也不同。但不影响不同的人有着相同的梦。

肠道里，从而会导致便秘等肠道疾病的发生。

多喝水还是肾健康的基本保障。肾结石是泌尿系统的常见疾病。目前，医学认为肾结石病人与人体代谢环境、饮食、疾病等因素有关，同时还认为与人体极度缺水或脱水有关。究其原因，一是食物中的钙质没有足够的水来分解、输送、排除，积聚在肾中形成结石；二是补充水分不足，排尿次数减少，尿酸过浓，造成钙质沉淀，久之形成结石；三是肾脏发炎，无法将钙质及时排出体外，日积月累形成结石。要避免肾结石，最重要的是要多喝水。

水对肝亦有保护作用。我们都知道喝水可促进新陈代谢，同时也可以减少代谢产物和毒素对肝的损害，肝脏的功能之一是加工过滤血液，水质污染会促使血液的质量降低，一来形成肝炎、肝硬化甚至肝病等。因此，污染的水质也是形成肝病的主要原因之一。

科学饮水，可以提高肺的免疫力。人体水分充盈时，呼吸道黏膜的纤毛运动活跃，可以抵御病菌侵入人体，但在体内缺水的环境下，呼吸道黏膜纤毛运动力会变弱，抵御病毒的能力下降，血黏度增高，容易得呼吸系统疾病。多饮水保持喉咙一直湿润，能更好地帮助痰液（病毒）排出。

另外，身体长期缺水，会造成血液黏稠，便产生胆固醇以实现自我保护，防止水分再次流失。如果胆固醇长期在心、肝、肺、脑等处沉积，造成血管壁增厚，血流受阻，很容易形成高血压、栓塞等心血管疾病。只要我们对每天的饮水量进行调整，确保细胞始终处于水合状态，胆固醇的生成量将随之减少。

更为重要的是大脑中 80% 的组成部分就是水。而人在脱水时受损最为严重的也是大脑。

水是神经传导的主要能量，充足的水分让运作了一天的大脑得到休息与调整。

再有，水也与癌症息息相关。癌症细胞最大的特征是厌氧，分解过程中消耗大量的氧气；实际上，癌症就是有毒物质在人体细胞内外体液的长期积累，造成细胞损伤又急性恶化的结果。人体环境缺氧，癌症细胞就得以生存和繁殖，因此，身体缺水与水污染都是引起癌症高发的重要原因之一。

7

给人希望，给人力量，让人行动。我想把这个秋天送走，留下一个色彩斑斓的记忆。

不懈的正确养生，加上中西医结合治疗，到 2018 年做完最后一次化疗。经检测，我身体的各项指数已经完全达到正常人的身体标准。早在 2015 年的时候我就发誓，我因水而得病，我要因水而改变人生。心动不如行动，首先，我会在未来的人生之路上抑或是一辈子，集八方举措，尽自己一份绵薄之力，积极倡导扫除“水盲”。会一如既往坚持每月线下培训讲学，讲关于“水的哲学”，讲关于“正确选择饮用水的奥妙”。旨在把我因水而患病，又因水而治愈的切身经历、所思、所想、所悟传播向五湖四海。我希望通过一本叫“梦想疗愈癌症”的书，让更多的人有一种敬畏之感，对生命与水有更全、更强、更科学、更权威的诠释。

那么，到底能否把富于“中国人瑞圣地”巴马自然长寿水引入内地家乡十堰，再从十堰走向全国，造福更多黎民百姓，也为天下百姓的健康保驾护航呢？答案是肯定的，行！只有想不到，没有做不到。我不能把广西巴马水晶宫百魔洞的水横跨千里搬运过来，但我可以引进现代技术，通过嫁接转换研发出一种在全国众多矿泉水领域里独领风骚，和巴马地下层五进五出、富含丰富矿物质高度匹配的弱碱纯净矿泉水——富锶山泉。

富锶山泉
FUSISHANQUAN
健康像喝水

第六章　水润心田，泽被神州

1

水才是万物之源。

寂静的宇宙，是无限扩展的安静世界。从遥远的彼岸，它们走了过来，那是成千上万的冰块。它们飘荡在宇宙中，在行星间划出巨大的弧线。漫长的宇宙之旅即将结束。

绿宝石般的地球，闪烁着耀眼的光芒。它们走近了。进入大气层后，冰块逐渐变小，像灰尘和彩霞般薄薄地散开，不久开始下落。向地面下落的同时，又变成细小的冰粒。

云，这被描绘在空中的白色主题，是每时每刻都发生着变化的艺术。当降到某个地方时，冰粒再次变成了稀薄的雾气在空中散开，将整个天空铺满白色的地毯。这就是云的诞生。

雨，滋润着树木，是不断滴落在花草上的水珠。降落在大地上的雨，滋润着森林、草原、花朵，滋润着万物。到达地面的水渗透到土地中，经过漫长的岁月，渐渐变成泉水，从岩石缝隙中分为几股细流，涌出地面。

河流，卷起闪亮的水花，激流汹涌，席卷着泥土的浑浊水流，逐渐汇成大河。蜿蜒奔流在荒野上的河川，运载着生命。

沙滩，万里晴空。大海反射着阳光闪闪烁烁，波浪滚滚而来。

远古时代，万物都诞生于此。大海中产生了生命，生命登上了陆地。一个新时代开始，繁荣的地球文明诞生。

朝雾，露珠沿着树叶的脉络慢慢滴落。这是水清澈而美丽的形状。清晨凉爽的空气，唤醒了变为雾气、正在森林中徘徊的水，创造了晨露，令我们赏心悦目。

水到底是什么？首先我们会想到它是一种生命力。人只要失去体内50% 的水分便无法再生存。人体通过水分吸收营养，并通过血液或体液将营养输送到体内的各个器官。只有体内的水在流动，生命才有可能延续。站在生命的角度来看，水可以说是能量的源泉与载体。作为能量载体的水，有点像人体的运送车。如果运送车本身就堆积着许多垃圾，它所运送的货物自然会受到污染，因此，水必须保持自身的洁净。

很久以前，水在人体内负责输送能量的说法就广为流传，并被运用于疾病的治疗当中。据说在公元前 5 世纪到公元前 4 世纪间，希腊的医学之父——希波克拉底就曾经记载过“顺势疗法”这种治疗方法。其内容简言之便是以类治类，以毒攻毒。例如，让铅中毒的人喝下铅含量很低、也就是铅分子几乎已经不存在的铅水，其中毒症状就会消失。只要将铅稀释到某种程度，使水中几乎已经不存在铅，但仍然可以呼之为铅水时，它就能成为治疗铅中毒的良药。顺势疗法认为，稀释的浓度越低，效果则越好。即是说症状的消失并非仰仗物质的功效，而是稀释后通过水复制了某种信息，然后与中毒症状发出的信息相克，从而达到治疗效果。

水可以复制信息并加以记忆。海水可能记住了以海为生的许多生命的故事；冰川可能记录下了地球数以百万年的历史，并在心中封存起来。水在巨大的地球上循环后，进入我们的身体，然后重新奔赴世界各地。如果我们能够读懂水传递的信息，一定会发现一部极为壮阔的史诗！因此，了解水，就等于了解宇宙、大自然，乃至生命的全部。

水不仅仅是一种物质，还是大自然生命力的展现，它具有净化的功能，以及抚育万物的神秘力量。水结晶在一瞬之间就虏获了人心，它为什么会有这么大的魔力呢？这是因为其中隐藏了解开宇宙之谜的关键，同时它也为人类该如何在宇宙中生存打开了一扇心灵之门。水是心灵的镜子。水有各种各样的表情，并能够真实地展现人类的意识。

在量子力学等科学领域，物质的波动是常识。如果将物质一一细分，其实我们身处的是个一切都是粒子与波动的不可思议的世界。假如你将自己的身体设想成一个极其微小的个体，并准备开始去探索宇宙形成的奥秘，就一定能明白，世间万物不过是围绕在原子核周围的电子。原子则通过数目与形状不同的电子，维持着其固有的波动。无论是什么东西，它的原子世界都不是密实得毫无缝隙的，它随时围绕着原子核波动。所有物体均处于静止状态中，不停波动，并以超高速度的频率不断循环往复。《般若心经》中说：“色即是空，空即是色。”换言之，我们肉眼所见未必就是真实，肉眼所不见者，却常常就是真实的存在。释迦牟尼这句谜一样的偈语，现在很神奇地得到了科学的证明。

波动还有一个最重要的特点——它是流动的。释迦牟尼悟出了“流动”才是宇宙的法则，所以提出了“诸行无常”的说法。通过水，就可以看出这一点。水正因为在不停地流动，经常被清洁，才有生机。水带给了生命必需的营养，洗刷掉了污垢，给所有的事物注入了生命。

万物和水一起流动。你的人生同样和水一起在发展。构成自然的万物遵循着同一个法则，在秩序井然地流动，从产生到消亡。“循环”才是大自然的法则。万物都是从循环中产生出来的。所有的答案，水都会告诉我们。让我们一起倾听吧，一起倾听水的声音。另外，请沉浸在水结晶映出的想象世界中。不知不觉，你会回到水中，回到自然的流动中。身心和脚步都变得轻盈，你会有异常欣喜激动之感。有这种感觉时，你的眼前会展现出一片前所未有的美好景象。没必要对流动感到犹豫。不要对前进感到恐慌。为什么？因为你是水。

人的一生，从水开始，以水结束。婴儿在母腹中成长，如实地再现了远古时代生命自大海诞生的过程。羊水就像胎儿的海洋，胎儿在那小小的海洋中一边呼吸，一边为今后即将开始的人生做准备。只要活着，水就在我们体内流动。水注视着万物的繁荣兴衰，赋予万物生命的气息。而且，水用有形的东西向我们展现了生命的可贵。观看水结晶的时候，在显微镜下，结晶成长、开花的过程就像在述说我们的人生。人在这个世界结束使命的时候，水同样是不可缺少的。在日本有取“临终之水”的风俗，就是将棉花蘸上水擦湿逝者的嘴，它包含了人们“希望逝者能够起死回生”的愿望。水就是生命本身。

人生是流动的大河，也许有时候会遇到大岩石溅起水花，也许能在舒适的山谷中顺畅地流淌，但无论何时，我们必须经常流动。

水轮回转生，在地球上写下无数的故事，原原本本地展现在我们面前。水在地球上循环着，走过超乎想象的漫长岁月，来往于山巅和海底，承载并连接着生命。通过追述水的一生，我们能看到生活在地球上的所有生命的运动。水的流动，同时也是生命的流动。

宇宙中的万物都是波动，都按照波动的法则存在和发展。所以，如果你发出幸福的波动，幸福自然而然就会走到你的身边。

自然界的构成可谓非常奇妙。有声音，就有倾听声音的高手，它就是水。为什么水听到音乐，结晶会发生变化呢？为什么听到不同声音或者看到不同文字的水，会呈现出不同的面貌呢？这一切都是因为有“波动”存在，还因为水对万物发出的波动都非常敏感，能将它们如实地复制下来。水呈现出几乎接近完美的结晶，好像在讲述大自然本来就起源于“爱与感谢”的故事。无论用哪种语言，水看到“智慧”一词呈现出的结晶都很类似，非常整齐。也许这是因为大自然的法则没有地域之分。看过用三种语言所写的“宇宙”一词的水，其结晶很相似，都非常整齐。这也许正说明大自然的法则是没有国界而共通的。

我们都知道，音乐和语言其实就是一种波动，音乐拥有的波动频率在人耳最乐于接受的范围内。佛教仪式诵经时，也会产生一种有治疗作用的波动。那么，又该如何解释水看了文字后其结晶产生的变化呢？因为写在纸上的文字本身会发出一种固定的波动频率，而水能够感知这种频率。水可以忠实地反映世上所有事物发出的波动频率，然后通过我们肉眼可见的形式呈现出来。看到文字的水，接收到文字的波动，并将这种波动给它留下的“印象”具体表现出来。

水是不同空间的入口。水有易溶于某种物质的特点，也可以令其他物质悬浮在其表面以便搬运。这也独具特色。

我们从自海水中提取纯净水之难这一点就可以知道，水是多么易溶解。大家也都知道，即便看似很清澈的地下水或山间的小溪水，其中仍然含有大量的矿物质以及其他不纯净物。水的这种特性，使得大海不断融进生命所需的种种元素，从而成为“生命之源”。现在地球上的生物，几乎都诞生于大海之中。所以说，水是创造生命之源，没有水，物质与物质便无法相互融合，也无法循环再生。水创造了一种令生命延续下去的秩序，创造了这个生机盎然的绿色的地球。

人类自古以来便认为水是有生命的。世人通常都认可泉涌之地就是生命力旺盛之地的说法。而且在古代有某些土地非常肥沃，被称为“沃土”。其实这种土地肥沃的地域，地下大都有很干净的水流过。

水是孕育生命之母，也是生命的原动力。这一切全都有赖于水异于其他物质的特性。人的肉体是由水构成的，人的精神却是由意识构成的。我们就是水，也许有一天会带着地球的信息与经历，再次回归到宇宙。我们现在的任务就是在离开地球之前，将自身净化成无污染的水。所以，我们必须活得有神采，必须用意识净化我们体内的水，并向所有生命发出富含力与美的信息。我们最大的期盼，应该是让美丽的水结晶充满世界的每一个角落。因此，我们需要“爱与感谢”，需要欣赏那些水结晶的美丽。如果地球上每个人都能心怀“爱与感谢”，相信地球肯定可以回归到原始的美丽。

保持水的清澈与顺畅，不仅是最好的保健方法，同时还能让人的精神洁净而清明。如果我们真能心存感谢，充满我们体内的水就会更加清澈明净，而你，也将变得和晶莹剔透的水结晶一样璀璨靓丽。

2

龙脉溪流汇汉江。

秦岭被尊为华夏文明的龙脉，狭义上的秦岭位于北纬 32°～ 34°之间，介于关中平原和南面的汉江谷地之间，是嘉陵江、洛河、渭河、汉江四条河流的分水岭。秦岭还是中国传统精神的交融碰撞之所，闪烁着传统文明的智慧光芒。

中国龙脉秦岭的玉带河作为汉江正源，它孕育了这条伟大的江河。但因地理位置所决定的因素，汉江还应该是一条多源的江河，它有着两个大来源：分别是北岸的秦岭和南岸的巴山。两组著名山系中无数条小溪共同汇集成滔滔大江，真正体现着有容乃大的含义。如果把汉江比作一条大动脉的话，秦岭和巴山上的数万条小溪就是毛细血管。可别小看这数万条涓涓小溪，它们是秦岭和巴山的精灵。秦岭孕育了黄帝，而巴山则抚育了炎帝，炎黄二帝是中华民族的祖先，准确地说，其实就是汉民族的祖先。从这个意义上说，是汉江孕育了汉民族，发祥了汉文化。

水是打开中国历史和思想宝库的钥匙。人们在很大程度上可以通过水这一媒体来讲述这个国家的政治史和经济史。远古时代，大禹成了治水的合法化人物，进而成为所有国家权力的合法化人物。当明朝永乐皇帝在15世纪早期推翻他的侄子建文帝，并急于确立自己的统治地位时，仅仅重写官方记录是不够的。他最为宠信的大臣夏原吉主张采取一些新的水利措施，比如疏浚河流，因为这些措施遵循了《禹贡》中所记载的"三江"原则。夏原吉的计划明确阐述了这些"古老"的技术将如何使永乐皇帝像大禹一样成为圣王："溯维三江，神禹开凿，旷久不治，涓流将涸，农田被害，神气萧索。眷兹九重，圣人复作，宵旰忧勤，命予疏沦。"事实上，就连传说中的三江到底是哪三江还不清楚，更不用说禹的治水策略了。但在永乐年间，皇帝需要的，是将自己与禹这位古代水神联系起来的一种姿态。

水，乃万物之命脉所在。它孕育了生命，使地球上的一切都生机勃勃；水滋润了万物，使世界中的一切生机盎然；水哺育了世界，使眼前的一切都充满了欢乐。水是人类的摇篮。它曾经是太阳系内唯一有着文明社会的星球的轻纱，使地球在宇宙中成了一个圣洁的星座。水是人类造福的工具，被用作发电和提炼、研究供人们享用的东西。

汉江，又名汉水，也称秀水。从原始森林的洪荒中喷涌而出，在中国地势第二阶梯的过渡带上蜿蜒流淌，一路挽起秦岭、巴山的层峦叠嶂和千百道溪流，纵贯古老的汉水流域直通长江。

汉江，她是一条神奇的河流。如同五柳笔下的桃花源，亿万年安卧于秦岭、巴山的怀抱中，她是当今人与自然和谐相处的时代呼唤，是南水北调中线工程开工的历史契机。

汉江，又是一条美丽的河流。千回百转，九曲回肠，如同一条飞舞盘旋的巨龙，欲屈还伸，或碧波荡漾若处子，或惊涛汹涌如奔雷，两岸群山如黛，银滩似砥，鸥鹭翔集，鱼虾漫游。

汉江，又是一条财富之河。飞流急湍，水量充沛，拥有百万千瓦水能。

汉江，又是一条奉献之河。既给沿途的山民提供舟楫之利、汲饮之便，又使其自身更加鲜活。

汉江，还是一条古老的河流。在秦岭、巴山的臂弯里娇憨沉睡，任其绰约风姿潜藏深闺和曼妙歌吟远离尘寰。曾几何时，丹江大坝、安康电站尚未将悠扬的江流切为几段，水上交通依然繁荣。走在汉江之畔，但见五里一铺，十里一店，百里一城，逶迤相望；汉江鼓帆，纤绳子岩，好一条交流生活的黄金岸。而今汉水之源万顷碧波，沿江两岸青山，湖光潋滟。然而，汉江仍风韵犹存，神采如梦。顺江而下，俯首间，但见那碧水与蓝天一色。她披着如丝如缕乌云般的秀发，缠绵于青山峻岭之间，一路浅吟低唱，奏着二泉映月般的丝竹之声，与两岸青山和鸣，空谷足音，金石玉润，潇洒地向东流去。

浩浩荡荡三千里，洋洋大观万古史。汉江是盘古的杰作，汉江是人类文明的初始之地。汉江，是一条孕育了中国乃至亚洲最早人类祖先并伴随着中华民族的文明发展历史而源远流长的河流；汉江，是一条至今未被污染、清澈的水流甚至可以直接饮用、维系着中国北方重镇仅存的“大水缸”。

北纬 30 度的水，鬼惊神叹。文学家们称其为“下同民族一姓，上与银汉共名。纵横三千里，为山河铺锦绣；绵延数万年，开人类之先河”。当长江以南还处在草莽丛生的蛮荒时代，当轩辕黄帝正率领北方部落在黄河边逐猎的时候，我们的另一位祖先炎帝神农便选择沿汉江而栖居，在汉江中游的沃野上尝百草，垦针莽，播谷物，务稼穑，开创中华历史最早的农耕文明。

汉江，一条与皇天后土同重的母亲河。

你也许知道，汉江是中国汉语言、汉民族、汉文化的发源地。但你也许不知道，它比长江、黄河还要早 7 亿年！三千里汉水，从悠久绵长的历史深处流来，流出了灿烂辉煌的文化和文明、神话和历史、艺术和文学、精神和传统，也流出了科技与创新、开拓与奋斗、斗争与牺牲、和平与美丽，流成了一条奔腾不息、蕴藉深厚、泽被久远的文化之河和历史之河，流成了一条充满奇迹和谜团的魅力之河。长期以来，围绕着汉江，人们提出过，并仍然在持续提出无数令人魂牵梦绕的疑问。著名文化散文家李韶六先生对此有一个综述，择其主要的问题就有几十个之多。每一个与“汉”字有关的人和生活在汉水流域的人恐怕都会对这些问题大感兴趣。

为什么世界上人口最多的民族称为“汉族”？为什么世界上第一大语言称为“汉语”？为什么中国文字称为“汉字”？为什么习俗中称男人为“汉子”？为什么天上的银河被称为“银汉”？这些“汉”都源自

汉江的“汉”。恐龙蛋化石群和郧阳猿人为何都出土于汉水流域？这是否意味着对非洲夏娃的假说提出了挑战？在世界不少古老的国度和地区相继发现史诗时，为什么唯独中国汉民族没有史诗？当人们以沮丧的心情认为汉民族肯定没有史诗时，为什么在汉江流域发现的《黑暗传》却石破天惊地被学者们认为是汉民族的史诗？还有野人之谜、动物白化之谜等，皆是因为汉水流域在北纬 30 度？汉水源头的“禹碑”上的蝌蚪文为何至今无人能识？记录的是什么内容？比我们熟知的万里长城要早四百年的千里楚长城为何建在汉水流域？楚国迅速强盛并创建了光辉灿烂的楚文化的原因何在？中国的国家道场、道教活动中心为何在汉水流域？伟大的爱国诗人屈原的《离骚》为何创作于汉水流域？

这些问题有的似乎已经得到解答，有的似乎已经接近解密，有的似乎永远无法解答，有的似乎看上去不成问题无须解答，但它们的提出都从不同的侧面如同光芒闪烁的星斗，构成了汉水文化繁星满天的神秘夜空，让人情不自禁地生出无数的向往、痴迷和渴望。

水，是地球母亲的绿色血液，是人类生命的源泉。人类的生存离不开水，人类对水充满渴望和敬畏；水，孕育了生命，哪里有水，哪里就有人类的文明。中国文化是从水文化开始的。自古以来，“盛世治水”，是人们评价一个朝代兴衰成败的重要标尺：“圣人出，黄河清”，成为人们对生活的最高企盼。长江、黄河、淮河与汉水并称“江河淮汉”，是中华民族历史进程中黄河流域和长江流域文化的交汇区。

在整个中华民族的历史进程中，汉族、汉朝、汉人、汉字、汉剧、汉白玉等这些与“汉”相关的称谓，都源自汉水，这在全国乃至世界的江河中恐怕都绝无仅有。由水名而地名，由地名而封号，由封号而国号，由国号而国语。这条穿越了历史的汉江，带着深厚的文化沉淀，带着民族的自豪血统，从云雾缭绕的秦岭源源不断地流出来，流过高山平原，流过了千万年的漫长岁月。

汉江，自她的第一股源头从秦岭以南缓缓流出后，吮百川，吸清流，汇聚汹涌澎湃之势，劈斩悬崖峭壁，挟卷滚滚沙石，一泻千里，勇往直前；汉江，古老而神圣的母亲河，她与黄河长江同是中华民族的摇篮，共同哺育了千万年的华夏文明。

中国历史神话起源于汉江。中国历史神话，也就是古代神话，是人类社会童年时期的产物。它反映了古代先民对于世界的幼稚认知。神话虽出于幻想，但和现实有着密切的关系，并充满浪漫主义色彩。这是大家的共识。中国神话中最古老的故事在汉江流域都能找到它的原型，并在民间作为口头文学代代延续下来，伍家沟民间故事村、吕家河民族诗歌村等汉水流域一批原始村庄可以为证。神的出现是人类想象中对自身力量薄弱的一种弥补，天堂的出现是人类对死亡的一种畏惧。汉水流域的山民却以歌的形式祈祭亡灵，表现出一种对死亡的超然和对人生苦难的冷漠。

汉江，清神素魄，雅怀慧心，粼粼碧波涵漾着一江灵气，塑造或化育了千古风流人物：春秋战国末期著名的政治家、军事家范蠡，南北朝时期著名的思想家范缜，蔡伦发明蔡侯纸而受封于龙亭镇；诸葛亮研制木牛流马于黄沙驿；而丝绸之路的开拓者张骞，天文学家张衡，医圣张仲景，卓越的诗人宋玉、孟浩然、张继，茶圣陆羽，大书法家米芾，清朝状元陈年谷……现代的李纪才、贾洪诏、杜善安、宋良猷、纪大纲、刘鼎三等都生于汉江或养于汉江。汉江的一脉精魂，凝成了多少旷世奇才！

进入 21 世纪，中国文明史应该重写：人类起源于汉水，民族起源于汉水，汉字起源于汉水，农耕起源于汉水，道教起源于汉水，京剧起源于汉水，中药起源于汉水……蚕丝、茶叶、陶器、漆器等足以代表中华文明的事物无不起源于汉水。汉江是中华文明重要发祥地之一，是十堰的母亲河。

穿越千年岁月，美丽的汉江浩然流淌于天地之间，她没有长江的拍岸惊涛，没有黄河的翻天浊浪，只有一江碧水荡起万顷粼波缓缓东行。美丽的汉江水、独特的汉江桥、善良的丹江人，它们将穿越时空的古老与现代、繁华与安逸、喧闹与宁静和谐地统在一起，组成了都市风情中少有的绝美画面。

曾经的黄金水道如今因铁路、公路的迅猛发展已没有了往日的繁忙，但汉江之水仍不知倦怠地奔流着，它带给丹江这座城市的生命力与精神，还将一直流淌下去。

2022 年 7 月 7 日，引江补汉工程已经开工，这是湖北省继鄂西北水资源配置工程之后的又一重大水利工程，堪称湖北省在建的水利一号工程。引江补汉工程从位于宜昌的三峡水库出发，采用隧道输水的方式到达丹江口水库的下游。工程采用全程自流的方式，全长 194.8 千米，年输水高达 39 亿立方米，概算总投资接近 600 亿元。引江补汉工程相当于是南水北调工程的配套设施。南水北调工程中线方案就是从丹江口水库出发，将甜美的汉江水输送到华北地区，尤其是首都北京。据了解，南水北调中线工程渠道最大设计输水量高达 500 立方米每秒，最大年输水超过 157 亿立方米，与湖南四大河流之一的澧水的多年平均径流量很接近。也就是说，南水北调中线方案相当于将长江的一条大型支流全部改道到了华北地区。

目前南水北调每年从汉江输水 90 多亿立方米，相当于丹江口水库上游来水量的 25%。未来，中线方案输水将超过 140 亿立方米，达到丹江口水库上游来水量的 35% 以上。除了南水北调中线方案以外，陕西也修建了一个调水工程，每年从汉江调水至少 15 亿立方米。这就意味着每年从汉江调往北方的水资源超过 160 亿立方米，再加上鄂西北水资源配置工程每年也要从丹江口调走七八亿立方米，这已经大大超出了汉江所能承受的范围。汉江是长江的第一长支流，是关中文化和中原文化辐射影响楚文化的重要通道，在我国历史上有着非常重要的地位。汉江连接西北与长江中游地区，本来是非常重要的航运通道，但受南水北调的影响，航运价值一直没能发挥出来。湖南的湘江和江西的赣江，航运价值都得到了良好的发挥。尤其是湘江，二级航道直接从长江港口城市岳阳延伸到了衡阳城区，三级航道即将从衡阳延伸到永州城区，高等级航道超过 700 千米，是长江支流中的航运老大。跟湘江比起来，汉江的差距非常大，二级航道目前只能到达武汉的蔡甸区，一共也就几十千米。三级航道计划延伸到襄阳，但一直没能全线打通。除此之外，湖北还计划让三级航道沿唐白河北上，到达河南南阳境内。湖北的计划不可谓不宏大，但受丹江口水库放水量减少的影响，这项工程的进展比较迟缓。

前些年，湖北修建了江汉运河，也就是引江济汉工程，将长江水从荆州李埠港输送到潜江兴隆枢纽，年补水 31 亿立方米。引江济汉工程修建之后，不仅提升了汉江下游的水位，还大大缩短了从宜昌、荆州到襄阳的航运里程，形成了江汉平原水运三角洲。

引江补汉工程建成之后，长江每年可以给汉江补水 70 亿立方米，相当于给汉江增加了一条年径流量在全国排行前五十的支流。调水与补水两相冲抵，汉江实际的流量损失将控制在 90 亿立方米之内，相当于目前南水北调中线方案的调水量。这样，江汉平原的农业生产与城市发展才得以勉强维持，汉江的航运也能得到一定的恢复与发展。

引江补汉工程建成之后，大量水资源调往汉江，枯水期时也会对荆江的航运产生一定的影响，这是毫无疑问的。如果遇到特别干旱的年份，荆江的航运恐怕难以维持，武汉上游的荆州、宜昌、重庆、宜宾等城市都将受到一定的影响。从以上这些数据就可以看出，湖北确实为南水北调做出了巨大的牺牲！

悠悠数千年岁月，汉江以浩浩不息的一江浓情，泽灌出丰腴的田亩，两岸稻麦青青，莲荷田田，棉麻摇风，菜花泛金，桑林簇秀，茶畦叠翠……恩泽无量的汉江，为神州大地营造了一座巨大的粮仓，诱惑历代的帝王将相，争来虎踞龙盘；一派江山，成为历史的主宰者们挥师用武、开国建邦的必争之地，造就了多少彪炳史籍的英雄俊杰！

汉江在这个世界上已经奔流了亿万个春秋，可她还是这样年轻，这样清秀，这样不知疲倦，这样充满着青春的活力。她带着荆楚文化的发源，带着中原文化的结晶，带着汉民族的血脉，带着中华民族的气度，昂首着，奔腾着！

3

而真正让汉江出落成一个古典美丽、静谧安详的亭亭少女的，是耗时15年建设而成的丹江水库。在这里，伏牛山脉迤逦而过，武当山七十二峰倒映水中。水库里岛屿点点，鸟飞鱼跃，野花灿灿，绿树含烟，山水空漾。在这里，汉江水变得温柔娴静，水色澄清，波纹细细，在蓝天绿野间缓缓地流过江汉平原。她不再狂暴肆虐，她给两岸人民带来的是棉粮丰收、牛羊肥壮、花红果甜。

中国水都——丹江口。

“上善若水”，老子在道家的奠基之作《道德经》中曾经这样写道。“水”是最美的汉字之一。它近乎对称，而我们的审美似乎与之格外协调。它底部的小沟暗示着活力，而张开的“双腿”则给人一种可靠的稳定感。与金、木、水、火、土一样，水也是五种传统的中国元素之一。正因如此，它既代表着一种物理实体，也代表着一种原则或理想。在古代典籍中，水可能指河流或洪水等现象，就像《圣经》中用“水”来指代一种通用的原始媒介，它并不一定是我们用来喝或用来洗澡的那种物质。

常见的太极图看上去像两个漩涡在流动的水中混合，充分体现了一种流动的活力。在中国所有的思想和艺术表达中，关于阴阳的辩证，有一个角度特别美，那就是山和水的对比。山是永恒的，象征着空间；水是多变的，象征着时间。山往高处走，水往低处流。但它们又彼此依存；河流始于山脉，又塑造着山脉。这样，山和水就可以代表整个宇宙。孔子在《论语》中说：“智者乐水，仁者乐山。”你可以争论水和山究竟哪个更好，但是如果想靠水生活，那你得是个聪明人。

人类有史以来就逐水草而居，水是人类生存与发展的命脉，决定人的生存环境、健康水平与生活质量，决定国家的发展方向和兴衰存亡。

三千里汉江出自秦岭与巴山，千回百转一路奔腾咆哮直泻而下。千百年来，汉江用她那晶莹剔透的液汁润泽四方，养育着两岸世世代代繁衍生息的儿女。汉江是孕育人类和繁衍汉民族的天然大水道，是汉民族物质文明和精神文明产生及发展并推动中华五十六个民族共同进步的天然大水道；汉江是中华文明的重要发祥地。

丹江，是汉江上游最大的支流，全长 378.6 千米，号称八百里丹江。“河身如带势环弯，一线中流两岸山。”清代诗人徐光弟的诗句绝妙地勾勒出丹江的奇秀俊美。

丹江，是亿万年来宇宙进化馈赠给人类的珍贵礼物，是孕育人类生命的摇篮，是护佑人类生存的家园。据司马迁《史记 · 楚世家》记载，在商末周初，约公元前 11 世纪末或公元前 10 世纪初，楚人始祖为祝融后裔的一支，由北方迁徙到丹阳。丹阳，即丹江和淅水交汇的地方，因处丹水之北，故称“丹阳”。这说明，早在 3000 多年前，中华民族的先辈们就深深地爱上了丹江，离不开丹江，在丹江两岸依江而栖，择水而居，繁衍生息，创造出光辉灿烂的古代文明。

丹江，源远流长，厚重无比，孕育出英杰，哺育出良才：范蠡，春秋战国末期著名的政治家、军事家，被后人尊称为“商圣”，就出生在丹江岸边；范缜，南北朝时期著名的思想家，在距今 1000 多年时写出《神灭论》，为后人留下了一笔丰厚的哲学遗产。还有李白、杜牧、欧阳修、元好问等历代大诗人、大文豪，都在这片古老的大地上凭吊、游历，留下名垂千古的壮丽诗篇。

丹江，北岸香严寺，与号称中国第一古刹的洛阳白马寺、登封少林寺和开封大相国寺齐名，是中州闻名遐迩的四大名刹之一。雄伟的古建筑群从山腰绵延到山脚，隐于千顷古柏绿竹之中，幽雅神秘，处处藏秀。唐代宣宗皇帝因躲避宫廷斗争，曾隐居于香严寺内，当了 7 年和尚，后来才回到长安，登上了皇帝的宝座。

丹江，还有许多古老的故事，从远古传至今日。相传，哪吒闹海的故事就发生在淅川埠口街西丹江一个叫“遁陆口”的地方；荆紫关的猴山是孙悟空保唐僧西天取经路上镇妖的地方；汉高祖刘邦当年经丹江一线乘虚而入，率先攻破咸阳而灭秦，至今在淅川大石桥乡留有一座“汉王城”；丹江北岸的“愁岭”，因王莽追刘秀来到此地，刘秀看到眼前难以攀登的山岭，不禁仰天长叹：“真是一座愁死岭啊！”“愁岭”因此而得名……这些无不为美丽的丹江增添了色彩，为厚重的丹江增加了分量。

丹江，在很早以前是一条水量充沛的大河，拥有我国北方罕见的南北流向，乘舟北行至商洛，距长安仅一两天的水路，往东经洛水可抵洛阳，南下可直达江汉平原和荆湘乃至吴越。千百年来奔流不息的滚滚丹江水，堆积出昔日富饶美丽的丹淅平原，方圆 100 余千米，土地肥沃，水源充足，一马平川，给当地人民带来了富裕和安康。

湖南省炎黄文化研究会会长何光岳认为，中华民族的始祖伏羲氏在约 6000 年前生于甘肃东部的天水。相传伏羲氏与女娲为兄妹二人婚配，女娲也当有其人。女娲在湖北竹山县境内，两人相距约千里。以当时每 1000 平方千米只有 1 个人（9.74 人 /10000 平方千米）计算。伏羲与女娲兄妹结婚是可能的。伏羲生在离汉水源头不远的天水，女娲生于汉水上游的竹山县，这说明作为伏羲、女娲的后代的炎帝、黄帝的出生地当在汉水流域。女娲是传说中化育万物的圣女，是中国上古时代的女神。《康熙字典》里“娲”字的“义”释条目中，第一条是“《说文》：古神圣女，化育万物者也”。第二条是“《史记·五帝纪》：女娲练五彩石补天”。第三条是“女娲山，在郧阳（现十堰市）竹山县西，相传炼石补天处”。

古代神话大量保存在中国道教文化之中。我国殷商时代十分崇拜鬼神，社会上已经有了卜巫吉凶和祈福攘灾的巫师。周代对鬼神的迷信进一步发展，形成了天神、人鬼、地祇的鬼神体系。这就是道教产生的渊源。从此，东方文化以中国文化为主流，中国文化以道家文化为中心。“在昔中国，则纯以道家文化表现之，盖昔之道家，即后知道教也。是以道教文化即中华文化之根源。”（刘晓汉《中国文明源头新探》）。汉江流域在殷商之前就崇拜鬼神。在战国末期屈原的《离骚》等许多作品中可见一斑。直到今日，在民间还存在崇拜鬼神的普遍现象，尤以上游为盛。汉水文化项链上的一颗明珠、代表中原文化的世界文化遗产、中国道教圣地——武当山，就坐落在汉江上游的南岸。在八百里武当，一步一景，景景可见蛇、神的牌位，天神、人鬼、地祇形成体系。道教把天地万物作为一个整体看待，探求贯穿其中的“道”。道人们不但企图认识宇宙的本原，而且渴望由此掌握支配天地万物的神秘力量。阴阳学说就是他们的重要发现之一。

《诗经》是中华文化的元典，是我国四书五经之首。《诗经》的采风者、被歌颂者、编撰者是距今 2800 多年前周朝太师尹吉甫，其被称之为中华诗祖。据《郧阳府志》等史料记载：“尹吉甫，房陵人。”其故乡就是在与郧县紧邻的房县。至今，这里还流传着周太师尹吉甫于秦岭巴山、武当、汉水采风、饮茶、编撰《诗经》的传说。可以这样说，有了汉江南北两岸闻太师、尹吉甫等商、周时期两代伟人的文明缔造，有了孔子 8 岁开始接触、认读《诗经》，到后来的传授《诗经》，汉水文化才不断发扬光大，成为中国本土文化的主流文化。

楚文化起源于汉江。楚国起源于汉江之滨，楚文化是汉水文化项链上的一颗瑰宝。西周初年（公元前 1024—前 1005 年），熊绎领封地 50 里在丹江口水库内北岸立国，建楚都丹阳。楚国最终成为春秋五霸盟主，移都丹阳至汉水下游的荆州古城北 5 千米的纪南城，传 21 代建都立国又 411 年。发源于汉江流域的楚文化恩被九州。它所创造的物质文明更震惊世界，创下了许多世界第一。如世界上第一块可炼铸铁，世界上第一块每平方厘米纺织 170 根丝的高密度绢，世界上第一件脱胎绘画漆器，世界上第一架可连续发射 20 支箭的弩，世界上第一张可折叠的木床等，英国大英博物馆馆长罗森夫人说："楚文化代表了中华民族强烈的生命力。楚文化的精髓不仅熔铸于楚人后代的心底，而且成为中华民族所共有的财富。"（见 1996 年 5 月 31 日《湖北日报》任重甫文）。从尧舜禹到夏商周时期，汉水流域就是汇聚南北与东西文化的大熔炉，冶铸出了魅力无穷的楚文化。春秋战国时期，诸子百家及诸侯国都将目光聚焦到汉水流域，汉水已深深印刻在了民族的记忆深处。战国时代，楚国经济文化发达，汉水像一道护城河环绕其北面至东面，成为极有战略意义的天然屏障。故楚人有"方城以为城，汉水以为池"之说。西周时期，周昭王南征楚国时就曾因汉水障碍遭到惨败。汉水干流及其支流城邑星罗棋布，水上交通便利，商业贸易兴旺。楚封君鄂君启的商贸船队就曾充分利用汉水水道，经商发财、振兴霸业。汉水在楚文化、中原文化乃至整个汉文化

桤尊名言：爱就好比拥抱，总要有一个人主动，当你热情地敞开胸怀、张开双臂去拥抱对方的时候，对方也会敞开胸怀、张开双臂拥抱你！

的发展中都起到了无可替代的作用。

江苏学者刘正英对黄帝史官仓颉造字传说进行了认真分析和考证，发现甲骨文中的“黄”“帝”二字就是由西安半坡的数字符号组成的，同时证明实有仓颉这个人，并分析出甲骨文中有许多字是由仓颉造出来的。这样，刘正英为有着 8000 年历史的汉字源于中华古国提供了一个有力的证据。我们能接受仓颉作为黄帝的史官、从事造字活动确有其人其事的话，就应该接受“日月之所道，江汉之所出，众民之所野，五谷之所宜……黄帝后土之所者万二千里”《淮南子 · 时则篇》记载的事实。也就是说，在距今 5500 年伏羲氏的后代黄帝统治的是万二千里的江汉地域（汉水流域），仓颉作为史官，从事造字活动也当在“万二千里”的汉江流域。因此，我们说今天的 91251 个汉字，它原本就诞生在最早进入农耕社会、“汉江同源”的汉江流域不是没有道理的。

发明铁制生产工具的人当是发迹于汉江上游的支流丹水的楚人。时间最迟也在春秋时期。我国最早从事铁矿开采的开采，冶炼和使用人工铁铸器具的应是楚人，时间最迟也在春秋时期。在西周初期立国，具有顽强奋斗精神的楚人不断向外扩张，拓地五千，从而拥有了丰富的矿藏资源。楚人随着铜矿的开采而认识了铁矿，又在实践中摸索出一套铁矿的开采和冶炼技术。考古资料证明，楚都先丹阳后江陵。

汉江流域是我国漆树的发源地和漆器的故乡。漆器在汉江流域的广泛使用成为象征富贵的标志。发迹于汉江支流丹江的楚国的达官显贵们以拥有漆器的多少为荣辱之分水岭。他们不仅在生前想方设法占有各种精美的漆器供自己使用，死后还要把漆器带进棺材，幻想在冥冥世界里继续享用。汉江上游的平民百姓至今还保留着栽漆树、割生漆、拥生漆的习俗。由于生漆价格昂贵，他们都省吃俭用，把积攒下来的钱用来买生漆刷嫁妆、刷家具、刷棺材。

古丝绸的发源地在汉江。到了春秋时期，汉江流域的丝织业进入了新的发展时期，市场上已出现薄如纸的绢。汉江流域丝织业突飞猛进的发展，与它丰富的蚕丝资源密切关联。汉江流域地处亚热带，日照时间长，雨量充沛，十分适宜种植桑树、饲养桑蚕。汉江流域的人不但重视养蚕业，而且对种植桑树实行保护政策。据史料记载，楚平王十年（公元前518年），在楚吴边境，因边民为采桑叶发生口角，楚王派兵前去压制对方，导致楚吴两国大动干戈。

我国最先发明和应用“失蜡法”铸造工艺的是在汉江流域起家的楚人。蜡膜铸造工艺，就是在铸造铸件时，先用蜡做一个模子，然后在蜡膜的外面用砂和石粉末，使之成为坚硬的外壳，随后，加热熔蜡，留下铸件的外模。这样再进行浇铸，就可以得到理想的铸件。2500多年后的今天，在我国特大型企业的东风汽车公司等许多工厂仍然采用这种工艺。蜡膜铸造工艺被考古学家称为“失蜡法”铸造工艺。在青铜器时代，铜器的工艺最能反映一个诸侯国的物质文化发展水平。楚国占有了铜矿区，成为春秋战国时期产铜最多的诸侯国。铜在当时的主要用途是铸造兵器、礼器和乐器。

世界的“十进位算术”算盘起源于汉江。1984年，汉江流域的江陵张家山247号楚墓里出土了一大批竹简，其中一千多枚装在一个竹筒内。考古工作者整理后发现，这批竹简《算术书》的出土原来是几部著作。经有关专家认定，这几部著作中，有一部数学专著，这就是汉水流域的楚国的《算术书》。这是世界上第一部“算术”书。《算术书》的出土，把我国数学专著出现的最早时间由西周中期提前到春秋战国时期。众所周知，在此前的教科书里，汉代的《九章算术》被认定为我国最早的数学专著。现在，出土文物证明，我国最早的数学专著应该是汉水流域楚国的《算术书》。1450年，吴敬在《九章详注比类算法大全》里，对算盘的用法记述较为详细，张择端在《清明上河图》中画有一算盘，经中日两国珠算专家将画面摄影放大，确认画中之物是与现代使用算盘形制类似的串档算盘。可见，早在北宋或北宋以前汉水流域的算盘已经在我国普遍使用了。

楚人首创的“沉井法”开创了现代深基础施工的先河。所谓“沉井法”，就是先在地上挖一个圆形的井口，挖到一定的深度，就放进一截烧制好的陶圈，再往下挖。陶圈随着井的加深而下沉。第一截陶圈沉下去了，再接着放第二圈，依次循环，直到一定的深度为止。由于陶圈质地比较坚硬，不怕水，耐腐蚀，并有一定的抗压力，在当时生产力水平不高的条件下，用陶圈固定井壁，以“沉井法”打井，确实是一种先进的打井方法。

京剧起源于汉江。其实，秦始皇统一全国后，为歌功颂德的需要，秦腔开始在陕南（汉水上游）兴起。那种土腔土调戏的秦音被人称为“陕二黄”，到了鄂西北，又被人们称为“山二黄”，因其兴于汉水，又被称为“汉调”，进入都市武昌改名“汉剧”。范紫东《宋学通论》：“最早谕秦腔为汉调，即汉水之调也。沿汉水而下，为荆襄之二黄，今乃称汉调也，沿旧名也。”可证。陕南、北京虽然地域、方言不同，但是戏曲的声腔、韵调、剧目各个方面都相似，若从语言学上分析，那就是“语言是人类文明中集成性最强、稳定性最高、群众性最广的文化瑰宝”。从遗传学上分析，音韵使京剧与“二黄”有着“孙子与爷爷”的血缘关系。可以这样说，汉水上游关汉卿几百年前的一曲秦腔《窦娥冤》正是国剧——京剧的鼻祖。

汉江科技恩被神州大地。汉江从远古走来，汉江子孙创造的文明丰富了自己，影响着世界。从炎帝神农尝百草，“日遇七十二毒”开始，中国有了中草药。从《黄帝内经》到《神农本草经》，中国有了完整的中医五行学说和诊疗理论。从汉朝医圣张仲景著《伤寒论》，到明朝李时珍在武当山 40 余年写出《本草纲目》巨著，在汉江流域实现了完整的中国中医诊疗理论和辨证施治实践的完美结合。中国人从远古走向现代的繁衍生息，靠的就是中草药和阴阳五行相生相克理论的指导，并与各种疾病作斗争。仅《本草纲目》就有 14 个外文版在世界流传，而西医传入中国，已是新中国成立之后近几十年的事。

丹江，几乎浓缩了我国远古至今数千年的历史，人杰地灵，光彩熠熠。这是一片古老神奇和美丽富饶的土地，是一片让人顶礼膜拜和肃然起敬的土地。

共和国的成立给汉江丹江口带来了新生和希望，党中央把汉江丹江口防洪规划列为重点治理工程。1952 年 2 月，毛泽东主席听取了长江水利委员会主任林一山的汇报后指出：“南方水多，北方水少，如果有可能借一点也是可以的。”正是这一宏伟构想，拉开了丹江口水利枢纽工程建设的帷幕。革命先驱者孙中山先生在其《建国方略》中也曾提出过在汉江丹江口引水北调之构想。

1958 年 9 月 1 日，来自湖北、河南、安徽等省的十万建设大军浩浩荡荡开进了汉江丹江口，在汉江两岸安营扎寨，隆隆炮声炸醒了沉睡千年的大山，开发、治理汉江的梦想终于变成现实，汉江真正开始了由水患向水利的根本性转变。丹江口大坝全长 2.5 千米，坝顶高 162 米，6 台发电机组，总装机容量 90 万千瓦。这项水利枢纽工程的建成，实现了防洪、发电、航运、灌溉四大功能——这就是我们常说的第一期工程。

宏伟的丹江口大坝巍然屹立，以大地为伴，以大山为基，以蓝天为衬，似一道腾空而起的雨后长虹，横亘在波光粼粼的江水之中，气势磅礴，伟岸无比，截断了奔流不息的江水，锁住了咆哮千年的蛟龙。历时 15 年，英雄的丹江口大坝建设者们，用勤劳的双手和杰出的智慧，筑起了万里长江第一座大型水利工程——丹江口水利枢纽工程。它是中国乃至世界水利史上的一个奇迹，也是建设者们在当代中国发展史上，用血汗和生命锻造的一座高耸入云的丰碑。

从专业术语来说，丹江口水利枢纽工程由挡水建筑物、泄洪建筑物、发电建筑物、通航建筑物、引水建筑物五大部分组成。其最重要、最关键和最基础的部分，是挡水建筑物，俗称“丹江大坝”。其他四项建筑物，都必须依大坝而生，依大坝而存。

丹江大坝全长 2494 米 , 由河床混凝土坝和左右岸土石坝组成，最大坝高 97 米，坝顶高程 162 米。其中左岸土石坝长 1223 米，右岸土石坝长 130 米。混凝土坝体长 1141 米，是丹江大坝的核心部分，共计 58 个坝段，坝面顶宽 26.5 米，设有宽 4 米的行车道。坝体承载的泄洪建筑物，包括 12 个泄洪深孔及启闭深孔闸门，分别布置在大坝 8 ～ 13 坝段，孔底高程 113 米，孔宽 5 米，高 6 米；20 个堰顶溢流孔分别布置在 14 ～ 17 坝段和 19 ～ 24 坝段，孔底高程 138 米，孔宽 8.5 米，高 24 米。站在大坝下面向上仰视，但见巍巍大坝擎天起，水中长城锁双江，构成一幅绚丽多彩的朗朗画卷。登上坝顶，鸟瞰丹江口城区，只见楼房林立，鳞次栉比，粉墙黛瓦尽收眼底，抬头远眺，武当山隐隐可见。若遇大坝开闸泄洪，巨大的水流从闸口喷射而出，似万马奔腾，巨蟒翻滚，水雾弥漫飘卷，逐波追浪，遮天蔽日。若是天气晴朗，艳阳高照，水雾里还可见一弯美丽的彩虹，更为丹江大坝增添了无限的色彩。丹江大坝的建成，使丹江口水库回水线沿河道长度，形成了汉江 177 千米长的汉库和丹江 80 千米长的丹库，两库肩并肩、手携手，相连相通，相拥相依，和谐相处，积溪流成江河，化绿水为大海，共同托举起一座浩瀚的人工湖泊。它的建成，使“三年两溃、十年九淹的汉江静若处子，柔若西湖。丹汉二江滔滔滚滚的江水，温顺地缠绕在两岸坝前乖乖地按照人类的意愿，变水患为水利，变洪灾为安澜，为江汉平原筑起一道钢铁般的屏障，为社会创造出源源滚滚的财富。四周伟岸耸立的群山之间，淼淼碧水一望无垠，白色的云雾在湖面上蒸腾、团聚、飘移，让人不能不惊叹人类神奇的力量和伟大的智慧。

丹江口水库初期建设主体工程，共完成混凝土浇筑 326 立方米，挖填土石方 1200 万立方米，金属结构安装 103 万吨。工程竣工决算投资 10.2 亿元人民币，其中工程总造价 8.2 亿元，水库淹没搬迁及移民补偿费用 1.8 亿元。这个投资数字在今天看来，可以说是白捡了一个大型水利工程。但是，天上不会凭空掉下来馅饼，世界上没有免费的午餐。这个“白捡”，是豫鄂两省人民以巨大的牺牲换来的。特别是均县、郧县、淅川人民，修建丹江口水库基本上是受淹不受益，却付出了巨大的物质代价，出动 4 万民工，风餐露宿，顶风冒雪，用血肉之躯，托起天边一道亮丽的彩虹。钢铁般的丹江大坝，像一尊庄严巍峨的丰碑，记载着丹江大坝横空出世的历史轨迹，记述着建设者们可歌可泣的英雄事迹。

根据国家的经济实力和现实需要，丹江口大坝工程分为两期建设，既要保证初期目标的实现，又要为南水北调做好准备。查遍大型水利工程建筑史，这是世界上唯一需要两次进行施工的大型水利工程。这无疑给工程建设增加了难度。英雄的建设者们，以自己的聪明才智出色地解决了这个问题。走在丹江大坝上，可以看到坝体上凹槽密布，这就是当年留下用于再建结合的“麻面”。大坝加高只是在原有基础上“戴帽穿衣”，其投资之省；效益之大，国内外尚无先例。

丹江口水利枢纽初期工程的胜利建成，更是广大水库建设者们以心血和汗水留给后人的倾心之作、惠世之作、精品之作、经典之作。来自河南、湖北两省近10万建设大军，在异常艰苦的条件下，为工程建设付出了辛勤的劳动和汗水，甚至献出了自己宝贵的生命。仅河南省南阳地区的淅川县，就先后有49名干部和民工在施工中牺牲，有数十人受伤致残。

1958年11月26日晚上9点左右，淅川县民工所住的临时工棚突然失火。由于工棚是用树木柴草搭建而成，荒山上又无水源灭火，大火迅速蔓延，造成36名民工遇难，7人重伤。遇难的民工中，年龄最大的55岁，已为人祖父；年龄最小的只有18岁，人生的绚丽画卷才刚刚展开。

1959年6月17日，淅川县李官桥区第四民兵团在修建羊山至大坝围堰工地的道路时，因负责爆破的技术人员违规操作，使埋置好的12吨炸药提前接火爆炸，当场炸死民工12人，重伤2人。阵亡的民工，年纪最大的35岁，最年轻的22岁，都是风华正茂的汉子，是家里的顶梁柱。

第五民兵师第六民兵团团长王德沛，17岁参加革命，历任淅川县区干部、县公安局治安股长、劳教所政委、大队长等职务。1958 年 9 月来到大坝工地后，处处以身作则，带头苦干，被民工誉为“我们的好团长”。1959 年 6 月 24 日深夜，王德沛奉令到指挥部参加战地会，在摸黑返回工地的路上，经过羊山时，突遇狂风暴雨，不幸跌入悬崖，以身殉职，年仅 27 岁。

巍巍的丹江大坝，昂然耸立在滚滚江河和浩渺大泊之中，它是当代英雄儿女征服大自然的智慧结晶，丰碑般记述着铸就在其中的青春岁月。弹指一挥间，50 个春秋转瞬即逝，在风雨中屹立、在湖水中浸泡的大坝，牢牢牵绊着许多人的生活历程和思想感情。而建设英雄们的壮举和英名，则永远留在人们的心中，成为后人对前辈的无尽的怀念，成为对那个时代的深深的感叹。

大坝无语，大坝无声，但奔腾不息的滔滔江水，日夜发出惊天动地的电闪雷鸣，像是对建设者们唱响的庄严颂歌，千秋万代，永远传唱；大坝无字，大坝无铭，但大坝的每一块坝面上，都工工整整地刻着每一个建设者的英名，记载着他们不朽的伟业，千秋万代，永放光辉！

丹江口水库拦截丹江和汉江两大水系，按其设计标准，静库面积达到 745.6 平方千米，总库容达到 209 亿立方米，等于全国每人平均有十几吨水存放在这里。作为南水北调中线工程的水源区，丹江口水库被称作北方老百姓的“大水缸”。丰沛的入库水量和巨大的调节库容、得天独厚的地理位置，使丹江口水库成为南水北调中线工程最为理想的水源地。

丹江水水质清纯，甜润甘美，可供人直接饮用。全国著名企业农夫山泉纯净水基地就设在丹江。丹江口水库的水源，主要来自层峦叠嶂、广袤千里的秦巴山脉等无污染的原始地区，涓涓细流，滴滴甘泉，源源

桤尊名言：要把自己的梦想说出来让更多的人来鉴定，这样就会有更多人一路监督，有人支持、有人耻笑、有人阻挠，但这就是你前行的力量。

不断地流入库区，汇聚成亚洲最大的人工淡水湖。天蓝色的库水水体纯净，翠绿碧透。掬一口丹江水，甘洌爽口，沁人肺腑，给人们心中带来甜丝丝的回味，流淌着中国水利诗篇的浪漫与传奇。

丹江口水库属亚热带气候，冬不严寒，夏不酷热，无霜期年均 280 天左右。这里四季如春，气候适宜，日照量高，空气清新，既有北方气候的清爽，也有南方独有的湿润。库区周围，到处是郁郁葱葱的林木，到处是姹紫嫣红的花草，满目翠绿，满眼锦绣。漫步于岸边的草丛小溪，呼吸着被湖水滋润过的空气，胸臆间充盈着甘甜和清新。库水蔚蓝，水天相连，甜润而温暖，宁静而和谐。宽阔的水面，丰盈的容量，使丹江口水库成为库区沿岸的巨大天然空调。居住在美丽的丹江岸边，给人以超尘脱俗、恬淡怡然之感，可以修身养性，以健身强体，可以颐养天年，可以益寿延年。

人们总是在说，水是生命之源，水源是人类赖以生存的家园，家园是我们生活的乐园。保护和呵护好水源地，就是关爱呵护我们自己的家园。然而，人类自从创造了农业和工业文明以来，“黄色文明”和“黑色文明”就从没停止过对生态环境的侵蚀。在我国的很多地方，依然面临着“有湖皆污”的窘状。丹江口水库经过 40 年的风雨沧桑，却依然碧清如玉、丰韵天成。远山如黛，近水透绿，工业文明与大自然和谐地拥抱在一起，使人们情不自禁地为之笑逐颜开，鼓掌喝彩。

1996 年 10 月 31 日，时任国务委员、国务院秘书长的罗干，乘船视察丹江，赞叹于丹江水之纯净，当即灌丹江水而饮之，并高兴地连连点头说:“丹江水比矿泉水还要甜，今后咱们北京人、天津人，还有郑州人民，都能喝上这甘甜纯净的丹江水啦！”

2002 年 5 月 8 日，久雨初晴，阳光灿烂，时任国务院副总理的温家宝一行 17 人来到河南省淅川县，考察南水北调中线水源地。中午，船过丹江“小太平洋”时，温家宝走上船头，两手扶着栏杆，欣慰地望着一望无边的水面感叹道：“这水真好，真清亮！”那含着微笑的目光和眼神，饱含着惊慕和惊奇。

2003 年 12 月，人们盼望了半个世纪的南水北调中线工程，正式开工建设。根据设计规划，丹江大坝将加高 14.6 米，正常蓄水位从 157 米提高至 170 米，新增库容 116 亿立方米，相当于增加两个半密云水库的容量，以确保每年向京、津、豫、冀年调水 95 亿立方米的目标。

2005 年 9 月 26 日，南水北调中线工程正式开工。首先对丹江口大坝主体加高，坝顶高程将加高 13 米达到 176.6 米，正常蓄水位从 157 米提高到 170 米，总库容量 330 亿立方米，丹江口水库堪称亚洲第一大人工湖。水域面积 1000 多平方千米，碧波万顷，水质常年保持国家二类以上，可直接饮用。因此，丹江又被誉为“中国水都”。

2022 年 12 月 12 日，南水北调中线工程通水 8 周年。8 年来，“南水”持续为北方 24 个大中城市、190 多个县市区供水。丹江一库碧水永续北送，滋润京津冀豫大地。丹江景美，丹江人亲，丹江水甜。从千年风雨中走过来的汉水丹江，在新世纪的和煦春风里，显得越发亮丽而年轻，正踏着新时代的前进步伐，焕发出新的生机，造福于亿万人民，以其勃发的英姿和无穷的甘霖，撞击着中华民族伟大复兴的黄钟大吕，鸣奏华夏子孙百年梦圆的盛世华章！

巍峨丹江口大坝成就了举世闻名的丹江湖。气势磅礴的大坝和无边的连绵群山紧紧握手，将一湖碧水揽在自己博大的怀抱中。站在大坝坝顶，登高望远，撷英览胜，极目库区内外，俯瞰大江上下，能够切身感受到华夏民族的伟大与自豪，感叹先辈们的勇敢和智慧。每当大坝开闸泄洪，雷霆万钧的洪流被踩在脚下，泄洪闸内排出的江水如一条条巨龙咆哮着，从坝孔飞射而出，像瀑布挂在半空，又重重打在江面，腾起阵阵烟雾，激起团团浪花，滚动隆隆春雷，龙卷呼啸，山呼水动，使人激奋不已，刚正之气贯穿腹胸之间。散开的水雾飘飘洒洒，漫天飞舞，连大坝对面的公路和小山都会被打湿。抬头遥望，千里湖面澄清如银，微风掠过水面，荡起层层涟漪，像是抖动着一匹巨大的绸缎，皱起千万条柔美的细纹。泄洪时白浪滔天的恢宏，与湖面的平静恬和友好相处，交相辉映，让人感受到静韵与动美的自然与和谐，获得一次崇高的美的享受与洗礼。半个多世纪以来，丹江口水库以其承载的宏伟庄严的历史使命，吸引着几代共和国领导人的睿智目光，寄托着亿万人民的热烈企盼，书写着惊天动地的历史长卷，激荡着波澜壮阔的世纪风云！

丹江口水库，成为南水北调中线工程的水源区和取水处。从丹江口大坝加高后扩容的汉江丹江口水库调水，经陶岔渠首闸，沿豫西南唐白河流域西侧过长江流域与淮河流域的分水岭方城垭口后，经黄淮海平原西部边缘，在郑州以西孤柏嘴处穿过黄河，继续沿京广铁路西侧北上，可基本自流到终点北京。中线工程主要向河南、河北、天津、北京 4 省市沿线的 20 余座城市供水。中线工程已于 2003 年 12 月 30 日开工，2013 年年底前完成主体工程，2014 年汛期后全线通水，远期年调水 130 亿立方米。现在，首都人民喝上了清澈甘甜的汉江水。

十堰丹江口水库辽阔无边，是目前全国最大的一座水库。进入库区深处，真是水天一色，一眼难以望到边，库区是一片人工海洋，当地人称之为“小太平洋”。清澈的湖水倒映着青山，倒映着蓝天，美极了。湖水像一位文静的姑娘，天天都静静地流淌着，伴随着起伏的群山，伴随着善良朴实的人们，构成了美丽的画卷；湖水还像是一面闪着圣辉的云幕，与天上的云一起凝视着这个世界。在河东北面，烟浓缥缈，天水相连，千帆展翅，百轮游弋，水鸟翱翔，鱼腾虾跃。青山港一带则是天光、水光、山影、云影、帆影组成一幅幅绚丽图画。船到龙山便见峰顶文笔塔矗立，这里是均洲八景之一的“龙山烟雨”处。丹江口水库塔对面有沧浪亭遗址，库水下落时露出“孺子歌处”“沧浪适情”等摩崖石刻、岩洞佛像等古迹。旧志载这里是孔子听到孺子唱“沧浪之歌”的地方，又是屈原遇到渔夫的地方。

亮丽碧透的汉江和丹江水库，是大自然的倾情奉献，也是人类智慧的完美杰作。这里有“落霞与孤鹜齐飞，秋水共长天一色”的绝色美景，有“一道残阳铺水中，半江瑟瑟半江红”的深深感动，有“日出江花红胜火，春来江水绿如蓝”的火红澄碧，有“江流天地外，山色有无中”的雄浑空蒙，有“千岩竞秀、万壑争流”的妩媚灵动，有“余霞散成绮，澄江静如练”的宁静瑰丽，有“气蒸云梦泽，波撼岳阳城”的磅礴气势，有“天开云雾东南碧，日射波涛满江红”的明亮璀璨，有“风翻白浪花千片，雁点青天字一行”的讶然新奇……登上游艇渔舟，荡漾在绿波之上，人绕水转，山随人移，尽情体验“浪遏飞舟”的惊险与刺激，回味“船在江上走、人在画中游”的浪漫与惬意。漫步千湖岸，阳光高照，清风徐来，绿水、青山、蓝天、白云交相辉映，令人心地空灵，澄明如镜，万千情感融入一湖山水，使人置身于“山水相连，天人合一”的美妙境界。

水都是一幅画，一幅精美绝伦的丹青长卷；水都是一首诗，一首激情奔放的抒情诗；水都是一部书，一部博大精深的鸿篇巨著。这部巨著，熔政治、经济、军事、哲学、历史、宗教、医药、天文、地理、文学、艺术于一炉，读来令人慨叹和明智。那雄霸地球一亿多年的恐龙，在这里生息繁衍；那人类始祖南辕的故乡就在这里……

我住渠之首，君住渠之尾，一湖澄清瓦蓝的碧水，把丹江人民和首都人民紧紧联系在一起。而和甘甜的丹江水一起奔涌进首都千家万户的，一定还有丹江人甘于牺牲、勇于奉献的美好形象。南水北调工程带给丹江人民的，不仅是付出和牺牲，还有光荣和骄傲。丹江人充满自豪地说："给首都人民说一声，我们把水源地的水质和生态环境保护得很好，让他们等着喝干净清凉的丹江水吧！"

今天，丹江一湖碧水静静地睡在库区的怀抱里。勤劳纯朴的丹江人民，一定会保护好丹江，美化好丹江，让水源、生态达到"天人合一"的最高境界，让首都人民喝上纯净水，用上放心水，让南水北调这一世纪伟大工程，造福于亿万华北人民。

4

富锶山泉滋润心田。

当曙光初现，一缕阳光穿透薄雾，在中国水都丹江口，这里不仅是华北地区重要的饮用水源地，更是丹江口市实现高质量生态发展的重要载体。

坐拥绿水青山，探路绿色发展。依托优质的水资源，不到一年时间，一座水经济产业园拔地而起，年产值超百亿元的水经济产业正在加速形成；一批高质量民宿环绕丹江口库区如雨后春笋般冒出，展示着全域旅游河源样本的强大生命力。

在保护中发展、在发展中保护，丹江口正在积极探索把生态好水变成经济发展“活水”的有效路径。成百上千的白鹭在水面上摇曳飞舞，是丹江口水库的另一道风景。白鹭被称为大气和水质监测鸟，对环境要求非常严格。它们生活的地方，大多是水草丰美、空气清新的地区。

靠山吃山，靠水吃水。在高质量保护的前提下，靠着优质的水源，丹江人做足了“水文章”。“大自然的搬运工”农夫山泉是第一个被丹江口市的优质水源吸引而来的企业。发展水产业，一直都写在丹江产业发展的蓝图上。

我依附的是汉江水系这一旷世优质资源。我的生命来于大自然的给予和庇佑，学会感恩、尊重，尊重他人，尊重自己，取人之长，补己之短。当然，不能忽略的是具备更高的团队意识责任担当。人，这一辈子，靠一个人单打独斗，是不可能成功的。曾有个家门堂哥多次心生嫉妒放出豪言：“要把我从台上拉下来。”好吧，包容与爱是相互的。我要让我孙子的孙子知道，他们的爷爷的爷爷，他们的祖父先辈秦梽尊，曾经人生跌宕起伏，一次次走在死亡边缘，又一次次拨开丛生荆棘，在激流中奋力搏击，再次奏响了生命之歌，站上了华光四射的人生大舞台，粲然了一世生命的油彩。生活从来都是泥沙俱下，鲜花与荆棘并存。然而，我们不能因为通往春天的道路充满泥泞，就不去追寻；也不能因为前去高山的小径上布满荆棘，就止步不前。对于一个真正的乐观者而言，每一条自己选择的路，都值得走一遍，而每一个生命中的日子，都可以起舞，要不然，就是对生命的辜负。

天行健，君子以自强不息。至此，我愿以杜甫老夫子的诗作：“艰难苦恨繁霜鬓，潦倒新停浊酒杯”以示共勉！

回想我的人生之路，何尝不是一条充满坎坷的自强奋斗之路。我曾经南下广州、北上山西，当小工、包煤矿，困难重重，甚至历经生死考验，最终坚强地活下来。也是这些宝贵的人生经历，让我更加坚定了自己的想法——既然活着，就要活得有意义、有价值！于是我将自己余生的精力投入对理想的追寻之中，我在丹江口市创立了富锶山泉天然水（丹江口）有限公司，致力于健康水的研究，励志以健康水造福社会。

公司成立于 2020 年 12 月，采用现代化的管理制度和先进的科学管理方法，本着开发创新与健康环保的理念，充分发挥丹江口的水源优势和品牌优势，提高饮用水开发的产业化、系统化和规模化。同时，为全国各地经销商和“众享联创超市”供应的富锶特色食品，如跑跑猪、牛、羊等，未来将打造观光、旅游、食品等特色产品，全产业生产链。

上善若水，大益健康，好水是健康之本。健康源于大自然，好水来自丹江口。富锶山泉自 2022 年推向市场，为唱响企业品牌，已入驻武汉及周边商城，富锶山泉从此流出深山，流向都市，流入每个有缘人的心田！

富锶山泉水有四大优势：一是天然弱碱性。人体酸性化是万病之源，当酸素在体内越来越多，不断堆积，量变引起质变，易引起疲劳和亚健康，进而引发疾病。据统计，血液的 pH 在 7.35 ～ 7.45 的碱性体质者只占人群的 10% 左右。医学证明，人体最理想的体质应该是中性偏碱。富锶天然泉水 pH 在 7.5 ～ 8.0，呈弱碱性，而且是纯天然无人工添加而成，最接近人体细胞水，具有保健功能。对传输氧气、调节新陈代谢、排出酸性废物和预防疾病，大有帮助；二是天然小分子团。在人的身体中

60%～70%是由水组成的，水的作用可以延伸到生活中许多基本的功能。富锶山泉因独特的地理环境，受秦岭山脉影响，水在地下深层不断碰撞而导致分子团变小，形成小分子团水。相比普通矿泉水，富锶山泉能快速融入人体细胞，改善人体微循环，加速新陈代谢，从而提高各种营养成分的沉积率，促使食物中有限的营养成分被人体所消化吸收。长期饮用是健康长寿的不二秘诀；三是矿物质含量丰富。丹江富锶山泉富含锶、钾、钙、镁、钠、偏硅酸等十余种矿物质和微量元素，水中锶、钙及钙、镁元素比例达到最适宜人体吸收的黄金比例，矿物质总固体溶解度更是稳定在 350 左右，远超国内外一线瓶装矿泉水标准。这些矿物质和微量元素呈离子状态，更易被人体吸收。每天坚持饮用，无需补充钙镁片，对体内微量元素缺乏人群更是天然的补充剂；四是天然抗氧化性。日常生活中，由于环境因素及不良生活习惯等的影响，都会加速体内自由基的产生，而自由基产生过多或清除过慢，均可破坏健康的细胞并加速机体衰老的过程。丹江富锶天然泉水有较强的抗氧化性，渗透力强，可活化细胞，天然抗衰老。爱美人士可用本水做面膜，长期使用可明显改善暗沉，恢复健康肤色。

2022 年 7 月 15 日下午，丹江口市领导莅临富锶山泉工厂检查指导工作。我向与会领导做工作报告，汇报富锶山泉公司的现有生产规模与接下来的发展与规划，我在汇报中表态发言，富锶山泉作为丹江口市重点招商引资企业，一定不辱使命，将丹江水送往全国各地，将富锶山泉打造成湖北的明星企业。

2022 第十届世界大健康博览会于 8 月 5 日在武汉国际博览中心隆重开幕。富锶山泉天然水（丹江口）有限公司作为十堰市大健康生态食品茶饮产业的相关单位参展。富锶系列产品充分围绕十堰市展区“康养福地，绿色十堰”的主题精神，在此次博览会上受到隆重推介。“富锶山泉天然水”源自南水北调中线源头丹江口市，水质常年保持国家二类以上饮用水标准，可以直接饮用。“富锶 6 号”光皮木瓜酵素饮料，选用秦巴山脉武当山余脉的药食两用的“郧阳木瓜”为主要原料，它富含 SOD、植物多酚等多种微量元素，是一款 0 防腐剂、0 激素、0 蔗糖的产品，该系列产品在博览会开幕式后迅速引起关注获得赞许，展会现场反响热烈。展会贯彻习近平总书记视察湖北重要讲话和对湖北工作的重要指示、批示精神，全面贯彻新发展理念，加快融入新发展格局，贯彻落实湖北省委、省政府关于健康湖北战略部署为指导思想，搭建全球大健康交易展示平台，促进大健康事业可持续发展，以满足人民群众日益增长的健康生活需要。本次博览会通过科技手段展现十堰大健康产业要素项目等独特优势，对接好外部资源，服务好大招商工作，把本次展会作为世界楚商大会武当论“健”的热身赛和练兵场。

2022 年 9 月 13 日，富锶公司重大收购尽调工作组莅临丹江口总部，对公司运营、规章制度及有关契约、财务等方面的内容做充分的项目尽调工作圆满完成。公司现拥有一支强有力市场管理团队和一套先进的营销模式，致力于为消费者提供健康的天然饮用水，倡导绿色环保的健康饮用理念，致力做中国天然水的领导品牌和高端品牌。

2022 年 11 月 23 日，湖北富锶投资集团水文化科普教育大会在咸宁市通山雀寨召开。我携富锶集团总经理文俊、运营总裁刘智源、行政总裁林峰、运营副总裁王艾兰等出席了这次大会，并围绕了解水、认识水、喝好水的健康用水、饮水理念，通过现场水示范、对自身创业及人生经历的回顾和介绍、对品牌创立和富锶发展的介绍与展望等做了讲话。我的企业无论做多大，做的就是品牌，最后都捐给国家，不给孩子留一分钱，为什么？因为我的财富若留给了孩子，那我就剥夺了他们奋斗的权力。不做奔跑的兔子，只做千年的乌龟，活得长久。不做当前的生意，只做明天（三到五年）的生意，不做政府的生意。

2023 年 2 月 10 日，我到丹江口市土关垭镇考察后，决定今年在丹江口捐建富锶希望小学。这是富锶山泉企业落地丹江口市之后在丹江口获捐的第一所学校。我还计划不仅捐建，而且对贫困生从小学到大学一路全部资助。希望受资助的同学能够更加珍惜这个大好机会，不要辜负关心和爱护你们的叔叔的期望，要更加勤奋学习，自强自立，发奋进取，开拓创新，明德博学，力争现在在学校里做个优秀学生，将来在社会上做个优秀人才。捐资助学是一项功在当代、利在千秋的宏伟大业，是中华民族扶危济困的传统美德，是和谐社会精神文明建设的新风尚，其意义重大而深远，值得提倡与大力弘扬。

《易经》六十四卦之一“否极泰来”。短短两年时间，我从人生低谷到一飞冲天，从一无所有到应有尽有。我的脚步总是铿锵有力。在未来健康理念巨大机遇的当下，面对机遇迎接挑战，领跑大健康时代的大健康领域。

万丈高楼平地起，中华春风洒满地，绿水青山家乡美，携手开辟“新世纪”。我一生坎坷，经历人生起伏、三次生死而创造生命的神话，我常说“人生即经历，经历即人生”，用我的人生经历锻造今天富锶山泉的商业帝国。我将高举富锶山泉为实现“中国饮用天然水领导品牌”的战略旗帜，为扫除“水盲”而顽强拼搏。

我国是人口大国，饮用水因其便利性成为人们日常生活中的必需品，尤其是随着旅游业的发展，人们对便于携带的饮用水的需求逐步增加，市场空间足够大。同时，消费者面临多种选择时，企业会督促自己提高产品质量和品质，完善各种服务，从而促进整个企业的进步。

第七章　大道运化，生命永恒

1

由天道而人道，由人道而水道。

天道，是宇宙运行的自然规律。人道，是顺应天然规律的德性。细品古人智慧，才顿悟天道和人道皆万理之本。

天由道生，天人合一，是天道之根本。天地始于虚无缥缈的一片混沌，自盘古开天，经万年化合，汇成各显其形的万类灵长。天地人有机组合、自成体系。老子为这开辟创造并规制天地人运行的意志法则，或路径轨道取名为“道”，认为它是自然天成之本源，现代科学叫宇宙能量、暗物质及其运行规律，神秘而神圣。

大道运化，生灭不息，是天道永恒的法则。“动”与“变”，是天道的基本特质。天下万象皆暂驻，没有物像可定格，没有生命可永恒。物分有无，有是无的表象，无是有的本源。无中生有，有归于无；动有明暗，暗是明的内因，明是暗的结果，因果互转。量子科学发现暗物质比显物质更多，暗物质和潜意识难以阻挡地驱动生命和生态的千变万化。现代四维空间理论推断宇宙永无边际，运化永不停息。

对立统一，物极必反，是天道运行的基本规律。天地万物相联相通，因果相随。有无互变、无声无形可以幻化千姿百态；高低相成，低矮的深谷可以托起高山；柔能克刚，坚硬的牙齿寿不过柔软的舌头；得失有度，此得太多彼将失缺，没有人事可以完美。天地万象都在相互转化，一旦走向极端，便向对立转换。积少成多，太多即失；为小做大，太大则空；太高则跌，太满则溢，太盛即衰。无论植物动物，无论生命生态，只在“中庸”适度之间，才能保持相对平衡的最佳状态。

世间万事万物，皆逃离不了天道的规律，替天行道，才能积德纳福。若是逆天而行，则必定会受到上天的惩罚，在生活里遭受祸患。老话常说，人在做，天在看，说的就是一个人若是抱有侥幸心理做缺德事，那么早晚因果循环，让你遭受相应的代价。因此，做人做事，要行得正，坐得端，坦坦荡荡，问心无愧。同时，做人做事，也始终要相信，天道有轮回。

爱人者，人恒爱之。《孟子·离娄下》有言：“仁者爱人，有礼者敬人，爱人者，人恒爱之；敬人者，人恒敬之。”爱别人的人，别人也会爱他，尊重别人的人，别人也会尊重他，这便是天道。

敬畏自然，珍爱生命，当是人道的第一法则。天人合一，却并非对等组合，“人法地，地法天，天法道，道法自然”。最高位的自然之道，层层规制着天地人。人只是宇宙自然之微小组成，人与万类各生于天地时空的某一方位，各有存在之必然，各赋不同使命，各行自身规律，生而独立平等，却又息息相关、生死相连。人安天命“适者生存”；与万物和谐善处，与生命平等互助方相辅共生。损毁一环，生物链断！不相争、不相残，当是人道的本质内涵。

适可而止，中正有度，便是人道的基本智慧。老子最智慧的辩证法，就是深谙万事万物相互转化之道，适度守恒之妙。万事都有对立统一的制衡点，即适中守恒的“度”。有度则万事融通四方圆融。人生而知平衡求适度，婴儿知饱足，学步知重心，智者知止退。一切极端追逐，皆源自过度私欲。人天生有欲，欠了谷米不能活命，这叫正当食欲。人求更好只能向内自强而不是向外掠夺。心立正午没有阴影，人立正中四方和合，事处适度没有灾险，情至善和少受伤害。古人解“慧”，即以扫帚清除心中杂尘以保原始本相。慧者有“度”，不纵欲、不痴迷、不偏狭、不极端。

天利万物，无私无欲，是天道的向善本性。天之美在“空”，包容一切，让日月星辰流光溢彩而不争辉；地之美在“实”，涵养承载万物，滋养天下生灵而不求回报；水之美在“低”，俯仰万物谦卑向下，收纳百川润泽生命，却永远低调、低微、安然、柔顺，但它低到最深处，却是浩瀚的大海。气之美在“予”，它为每一个生命提供氧源却无踪无影，为每一口呼气澄清污浊却无声无息。日月之美在“明”，它为天地万物带来光明，为万类生命提供热能与激情。

恪守天性，秉持本真，该为人道的基本德性。大道从简，返璞归真方可秉承天性。天道赋予人道包容隐忍宽宏的大度、默默付出不求回报的博爱、恭敬低调平和的内敛、光明磊落热诚向上的情怀、滴水之恩涌泉相报的感恩、清心寡欲见素抱朴的本真。老子崇尚母亲的伟大，负重担当无怨无悔；期盼婴儿的本真，柔弱友好，能获大爱而守住生命元气天天向上。安天赐、足时与、淡奢欲的赤子，便是最佳生命状态。

史实反复证明，天地人生死关联，违背天道便有瘟疫，悖逆人道便有战争。我中华民族秉承先祖智慧，最大限度保护环境、修复生态、拯救生命，援助世界抗疫，维护人类和平。我们相信苍天有眼、人心有灵，得道多助、失道寡助！真正循天道、行人道的民族，必将生生不息、兴旺昌盛！

与人为善，自始至终如同孩子一般纯净、纯洁的心灵善待万物，那么，就算一时遭受到委屈、痛苦和伤害，也能够在接下来温暖人心，感动人性，从而赢得更多人的尊重和善待。善良的人，做人做事是仁道的，是厚道的，不会因为一时吃苦、吃亏就停止行善的动力和信念。这些人，其实一辈子都会活得坦坦荡荡，光明正直，而且内心光芒四射，问心无愧，也会更加快乐。行小善之人，则收获小福；行大善之人，则收获大福。人就是这样，以为当下做了一件微不足道的事情，不值得挂念。殊不知冥冥之中早有注定，你曾经所做的哪怕一件再微小的事情，也极有可能在往后的某一个瞬间里，改变你的一生。《道德经》中有言："天道无亲，常与善人。"公道自有人心，常施善者，天必佑之。做人，有积德行善之心，便有好运之气。做事，有乐善好施之德，便有福气之命。积德行善，乐善好施，如此做人做事，福报和善待，也会降临在你的身上。

一个人，做人做事不能只顾着眼前，而不去想着未来。我们始终都要相信，一个真正成熟且能够享受幸福、美好、快乐生活的人，他们总是心存善意的。常做善事，存留善心，严于律己，始终端正自己的言行。如此，为他人让利，为别人让路，得饶人处且饶人，更不要去算计，或是斤斤计较。这样，才能收获他人的尊敬，收拢人心，得到对方的善意。荀子曰："为善者，天报之以福；为恶者，天报之以祸。"一个人，最终收获的是善报，还是恶报，早晚会有天道来做出判断，不是不来，而是时候未到。所以，因果有轮回，天道有规律。让自己做一个仁厚、善良的人，做厚道之事，收厚道之福。做善事，做良人，无愧于心，坦坦荡荡，活出大气正直之一生。

2

生命是一个定数，就像一场宴席，有聚有散；就像一次长跑，有始有终；就像一条河流，有头有尾；就像一盏灯，有亮有熄；就像一首歌，总有唱完的时刻；就像一次旅行，迟早要回家。

世界凡是有形的物质都具有生死。比如一台发动机，有转数；比如一辆汽车，有报废期；比如一盏电灯，有燃烧期。即使太阳、地球、月亮、星星也有生有死，只不过它们的周期实在是太长了，长到我们无法预见和想象它们的生命。相反，我们人类的生命期实在太短暂了，正是这种短暂，才让我们感觉到自然界的永恒。其实，世界上哪里有永恒呢？永恒是不存在的，甚至永恒本身也只是一个梦。

蚂蚁的生命是一年，狗的生命是十年，人的生命是一百年，乌龟的生命是一千年，岩石的生命是一百亿年，微尘的生命是一万亿年。而小草的生命是一个春天，昙花的生命只是一瞬间。那么，一万亿年之后，我们能够看到的宇宙空间是什么呢？

人是自然界的精华，是一切的一，是地球智慧的结晶。人体里面包括整个自然界的秘密，比如，电学、声学、数学、几何学、光学、磁学、杠杆原理、布朗运动、真空原理，如果谁能够研究透人，谁就是人类的大救星，是万世英雄。

我父亲于 2022 年岁末去世，享年 76 岁。我由此悟到，生命的本质是一个数，也就是老百姓所说的阳寿。既然人的生命是有限的。那么，你的一生呼吸多少次，呼吸多少次之后，你的呼吸道就衰竭了，这就是生命的极限数据。你的心跳、饮食、排泄、说话、观光，等等，都是有数量限制的，只要到了那个数量，你就会自然而然地老化，就会慢慢地消失，乃至死亡。因此，人的生命在于少，要少吃，要少跑，要少说，要少妒，要少怒，要少愁，要少气，要少制造事端，要少激动，要少性，要少花钱，要少胡思乱想。只有少，才能延长你的寿命，才能使你的生命的定数向后延续。贾平凹说，人的生命在于静，我想他所说的静也就是少的意思，只不过他没有更为清晰地表达出来而已。其实，运动，尤其是过量运动并不能增加人体的寿命，中外许多运动健将过早逝世，甚至夭折，中国古代皇帝，因为不能节欲，淫乱无度，大多数寿命也很短促。再者，脾气暴躁，性格急促者也往往短寿。这些都是生命在于少的道理。人的生命是一个过程，只有当下尽可能地少，才能换来后面的多；只有眼前的静，才能换来身下的动。我们的欲望越大，对生命的伤害就越大，我们最终得到的生命本质就会越少。

七彩信笺，素笔飞扬，激扬文字，勾勾点点，速记沧海桑田的莫测变迁。滔滔江水潮起潮落的滚滚不休，淘尽了多少英雄故事，闪闪银河星移斗转的烁烁蓝光，闪过了几许灿烂流星。笔走阡陌路，眺望峡谷万丈，文人墨客的青山绿水，给大自然饱满了心的灵性；思绪任翻飞，但听箫声笛韵，善男信女的天涯海角，给天地间增添了爱的永恒。站在高山之巅，了望大江南北，塞北皑皑白雪，正是善男冬晨踏雪练就铮铮铁骨的好时机；南国淋淋细雨，正是信女滋润沐浴畅想岁月静好的极佳时光。倚在清泉石上，遥想高山峻岭，心绪酣畅连绵，远处的一帘流水，奔放着洒脱的万古琴韵；朗空的一轮明月，辉映着松间的万缕清风。暮色苍茫，仰望南极北斗，遥相辉映，令人遐想。追忆古时候的你，可否也曾这般辉煌？天文学家回答说，是这样的。物理学家回答说，不是这样的。不管他们怎样回答，我还是穿越千年的风尘岁月，看个究竟。是啊，星辰也许永恒，但是，当年的万户侯，如今却已成粪土，亘古的千岁爷，已成风烟。百代轮回无止境，千年流转有圣哲。一阙清词，呜咽了秦皇汉武。一声绝唱，叹瘦了唐宗宋祖。人世间的风刀霜剑，刻画着沧海桑田。风尘中的雨音雪曲，飘荡着岁月的延绵。

星辰萦绕玄月，波涛托起骄阳。日月轮回，平添了沧桑；星移斗转，更换了人间。黄河滔滔，荡涤了多少尘世污泥；长江滚滚，淘尽了多少烽烟英魂。曾经的三皇五帝，也只是流星一闪。曾经的巾帼英雄，也只是昙花一现。孟姜女悲壮的爱情，也随云舒云卷而消散。才下眉头、却上心头的缕愁，也跟花开花落化作尘埃。可贵的生命在感慨对宇宙和人生的思索中，倏忽即逝。古往今来的无数人们，都已流水般地相次逝去，面对着天空中日升月沉往复轮回的永恒，古人今人或许都曾有过相似的感慨。人们啊！珍惜今生的点滴光阴吧！把握红尘瞬间的永恒吧！

我们极其偶然来到这个世界，最终也将必然离开这个世界。就这个意义来说，我们的生命如同世间的一切事物，在广袤浩瀚的宇宙面前，都只能是一种过程。或许如一片雪花，晶莹过，飘舞过，又化作了水；或许如一株绿芽，生于泥土又复归泥土。

为了延长生命，我们的古人想尽了办法，或炼丹，或寻仙，以求得长生不老。实际上，我们很难延长生命的过程。时间在悄悄流逝，我们的生命在寸寸缩短，从小到大再到老死，这是任何人以任何方式都无法改变的客观事实。但是我们有能力选择这个过程的内涵，或辉煌或悲惨，或平庸或壮烈……我们有能力把这一过程塑造为一种精神、一种永恒的能量而绵延于世。

一个人要想使自己达到一种很高的境界，必须把自己的心域拉到无限远，不能局限于眼前所得，要思考生的意义。生命不在拥有，而在有用。我们活在这个世界上不能浑浑噩噩，而要知道为什么而活、怎样活出价值。时间的意义不是让人们去衡量日夜的循环，也不是让人们记录自己的皱纹和衰老。对于人类来说，生命的本身实质上是没有内涵的，它需要人在时间里进行实践，然后才能确立自己的内涵，从而赋予其意义。

千百年来，一些名字彪炳史册光耀千秋，并不在乎他们生命本身的长短，他们的行动和精神形成一种能量，辐射世世代代，左右和影响着芸芸众生。他们的生命过程里，那些超乎生命过程之上的永恒的精神和业绩，熠熠生辉，是任何坟墓无法埋葬也无法割断的，这正是我们应该且完全有能力选择的。仅仅是活下去，得过且过，凑合地活下去，意味着生命退化到原始意义的层次。

或许这才是我们的当然选择，咬紧牙关，从自己的废墟上站起来，抓住生活的每一次机会；充实生命，尽管面对坎坷的命运我们曾连连叹息；聚集视野，然后投向更加广阔的前方，去做那些远比我们生命更长久的事情，尽管纷繁变幻的氛围会让我们烦恼不已；挺起腰杆，在弯弯曲曲却总是前行的征途上重塑生命——尽管在事业的连连挫折中我们可能痛不欲生……

海明威在《老人与海》里说：“人生下来不是为了被打败的。”诚然，即使我们驾驶着一叶脆弱的小舟，但只要舵还掌握在自己手中，我们就不会任凭风浪摆布。命运掌握在我们自己的手里，我们虽然不能延长自己的生命，但可以延长自己的生命价值，这也是对自己生命的尊重，化有限为无限，让有限的生命焕发出无限力量，谱写一首生命的赞歌。永恒，是短暂生命征程所要到达的终点站；生命却是积淀永恒的工具。任寒风凛冽，挫折重重，也带不走生命的永恒。

3

水道——汉江，作为长江最长的支流，在历史上占据着重要地位，与长江、淮河、黄河并列，合称“江淮河汉”。汉水自古就是一条身负重任的客货运水道。溯江而上抵汉中，顺流而下达汉口龙王庙汇入长江。

春色迷人，也撩人，撩拨的少女怀春，男子钟情……

夜幕降临，华灯齐放。丹江两岸瞬间变幻了模样。一根根闪耀着橙色光芒的装饰灯手挽着手，不仅勾勒出江堤巍峨的身影，还绘画出两条不相交的平行线在两岸延伸。古话说：“水为财，遇水则发。”夜色里，一条淌金的河流十分迷人，撩拨得人们精神振奋，摩拳擦掌。“近乡情更切，急欲问来人。”丹江大桥上车水马龙，见证着游子们走出去又回来的历程。

汉江之滨，一座现代化的城市拔地而起，夜色里，一条淌金的河流在吟唱，唱出了一个梦幻般的水中世界。富锶山泉健康水也从这里走向神州，走向全球！

毬尊名言

1. 勇者无畏，智者无惧。

2. 给人金钱是下策，给人能力是中策，给人观念是上策。

3. 机会像小偷，来的时候无影无踪，走的时候让你损失惨重。

4. 我们不知道的事情不等于没发生，我们不了解的事情不等于不存在。

5. 人生最重要的不是努力，也不是奋斗，而是决策。

6. 我们一定不要当三等公民，等下班，等工资，等退休。

7. 看不见机遇的人是蠢人，抓不住机遇的人是庸人，有机遇不抓的人是罪人。

8. 过去的成功无法解决今天的问题，我们需要新思维。

9. 顺境的时候找出路，逆境的时候才有出路。

10. 宁可被人笑一时，不可被人笑一世。

11. 世界上唯一不变的字是变。

12. 量身高要用尺子，称体重要用称，衡量真理要用时间和实践。

13. 我们可以长得不漂亮，但不可以让自己的人生活得不漂亮。

14. 人没有危机是最大的危机。

15. 人生不怕重来，就怕没有将来。

16. 我们今天的生活是三年以前决策的，我们三年以后的生活是今天决策的。

17. 当你将力量放在自己身上时，将永远充满力量。

18. 不要抱着过去的不放，而拒绝新的观点和挑战。

19. 求名要求万世名，求利要求天下利。

20. 改变你的观念和态度，你就能得到你拥有的一切。

21. 如果你经济上完全依赖别人，那么你拱手放弃了你的力量。

22. 富人经营，穷人消费。

23. 智者的声音是愚者的方向。

24. 与其让生命生锈，不如让生命发光发热。

25. 承担责任的生命才叫真正的生命。

26. 没有摔过跤的人不知道摔跤的痛，没有流过泪的人不知道眼睛的清澈。

27. 命运不是等待而是把握。

28. 人生有两亩田，白天的一亩田是填饱肚子，夜晚的一亩田是耕种自己的未来。

29. 人生四大梦：一是有价值的人生，二是对真爱的追求，三是对良师益友的渴望，四是一辈子不换的工作。

30. 我们可以失去童年，但千万不可失去童心。

31. 战胜敌人一万次，不如战胜自己一次。

32. 有志不在年高，无志空活百岁。

33. 与其做一个有价格的人，不如做一个有价值的人；与其做一个有忙碌的人，不如做一个有效率的人。

34. 没有目标的人永远为有目标的人去努力。

35. 智者创造机会，强者把握机会，弱者坐等机会。

36. 人因为有梦想有理想变得伟大，而真正伟大是不断实现理想和梦想。

37. 怕苦的人苦一辈子，不怕苦的人苦一阵子。

38. 没有想不到，只有做不到；流行只是短暂的，趋势才是永恒的。

39. 人不能只有一双漂亮的眼睛，应该要有智慧的眼光。

40. 我们可以输在人生的起点，但不能输在人生的终点。

41. 世界上有四种东西不能找回：一是射出去的箭，二是泼出去的水，三是说出去的话，四是流逝的时间。

42. 世界上不可能的事情是想出来的，世界上可能的事情是做出来的。

43. 没有自己的改变绝对没有生活的改变。

44. 眼睛能看到的地方叫视力，眼睛看不到的地方叫眼光。

45. 今天的优势会被明天的趋势所取代。

46. 危机之后一定有转机，转机之后一定要把握先机。

47. 人生有的在劳作，而有的在经营。

48. 人生的结果：一是有钱无闲，二是无钱无闲，三是无钱有闲，四是有钱有闲。

49. 世界上最伟大的力量不是毁灭，而是理想。

50. 得意找退路，失意找出路。

51. 成功具备两颗心：好奇心和不甘心。

52. 用灵魂撞击梦想，用观念超越梦想。

53. 一想，二干，三成功；一等，二看，三落空。

54. 这一辈子要赢的不是钱，而是眼光、境界、胸怀和朋友。

55. 人的一生想要幸福，就要有预知未来的能力。

56. 人生不要爆发的结果，只要奋斗终身幸福的过程。

57. 生活中的每一天都是限量版，没有太多时间用来浪费、后悔。

58. 我们在每一个人生阶段中都会遇到不同的经历，产生不同的理解，对这些经历的理解产生了不同的人生结果。

59. 独木不成林，成就一番事业不能单打独斗，要在一个地方扎根，让身边所有树木都向你生长、靠拢，形成巨林，即使台风过境都无法摧毁。

60. 尽交天下友，所得天下心，做得天下事。

61. 生命的意义不在于苟活着，价值来源于社会赋予自然生命的意义。

62. 人活着就三种状态，第一是动物，第二是宠物，第三是人物。

后 记

2023 年 10 月 29 日我将迎来 43 岁生日。我的新书《商道：一个平凡人的传奇商业人生》在此之际由华龄出版社出版发行了。这是一份特别的纪念，给亲人，给朋友，给自己。

写书的过程是一个不断和自己对话的过程。讲一句真心话，以前不管是主动地写，还是被动地记录，很少有一个完整的东西，每天就是过了，被大量零散的信息包围，被生活裹挟着往前走，没有主动地坐下来，和自己认认真真地对话过。更何况，现在大家都很忙，感觉也没干啥事儿，但是时间就这么“忙”没了，哪还有闲情逸致去什么和自己对话，去把所思所想表达出来？我以前就是这样，忙到飞起，实际上把自己也当成了工具，就这样一晃好多年。直到 2022 年，我开始正视自己，开始慢下来，平心静气地和自己进行对话。我想，通过输出，将自己的思想落到纸上，慢慢地梳理，总会梳理出一条清晰的脉络，如果我不做这个事情，可能我某一天想到了一个事情，但是很快就忘记了，那就是永远在低水平、低层次和低效率上循环，就不可能有效地形成认知实践、再认知再实践的有效循环，更谈不上指导以后的人生，解决复杂的问题。

说一个我亲身感受，刚开始写东西的时候，那一段时间，就是很浮躁，可以明显地从字里行间感受到，一方面是自己思维框架出了问题，刚开始写，还驾驭不了宏大的结构，但是硬想着写出来，结果就是一下笔就开始走样，最后勉勉强强地有个完整的篇幅，其实一眼就能看出来用力过猛和过度浮夸，这背后的原因还是像那个小朋友一样，身体还在地上趴着呢，心里就想一下子跑起来。我能隐约感觉到，但还是没有系统地思考过。有天晚上我是很久都没睡着，我想到有个朋友胡哲先生分享了他的感悟：人类历史那些伟大的时刻，在出现之前，都有长时间的酝酿和势能的积累，但是绝大部分人只能看到那一瞬间群星的闪耀，而忽略了之前的准备。于是，我就从一个惴惴不安的机会主义者，慢慢开始转变成为踏踏实实做准备的人。这样可以帮助我们走得更远。

写书的意义还在于这是一个思考的过程。一个人可以将思考作为梯子，登上更高的地方，让自己不被困在直接经验构成的世界里，认清世界的真相仍然热爱它，永远是一个望向未来的乐观者的信条。

2022年4月22日，秦梽尊受邀参加“第二届中国（武汉）文旅博览会”

2023年6月13日，秦梽尊代表富锶山泉与蓝源资本廖文剑签约

2023年6月13日、14日，《2023水与生命溯源之旅研讨会》在丹江口体育中心召开

2023年6月14日，秦榶尊与罗大胜等人合影

2023年6月17日，秦梽尊在富锶山泉工厂与来三斤（集团）董事长陈坤祥进行业务交流

2023年7月21—26日，富锶集团组织2023年度泰国尊享之旅

2023 年 8 月 20 日，秦桤尊与新世纪中国广告界营销品牌策划专家，营销金钥匙的创始人、品牌专利专家华红兵在深圳留影

2023年9月5日，秦桤尊代表富锶集团与湖北交投鄂西北公司签约达成广告投放合作

2023年9月8日，秦梽尊在竹溪县桃源乡爱心帮扶贫困大学生，捐赠20万元

2023年9月13日，秦梽尊在第二届长江三角香港上市论坛暨蓝源资本港股服务联盟峰会上致辞

2023年10月，秦梽尊与杨俊杰合影

2023年10月13日，富锶集团三周年大会上，秦梽尊发表了演讲

2023年10月13日，秦梽尊颁发“2023最佳领袖人物”奖

2023年10月13日，秦梽尊现场签售自己的著作

富锶集团与梦之声达成达成战略合作

秦梽尊与联合国世界人民委员会特别助理，联合国世界华商联合会主席团执行主席韩显丰合影

富锶山泉会务组人员在富锶山泉工厂“精神堡垒”下合影留恋

秦梽尊演讲现场

秦梽尊

秦梽尊演讲《水与生命》

秦梽尊演讲《口才变现》